JN074070

# 美女の魔界退治

bijo no makaitaiji

mariko hayashi

林真理子

# 会いたいなあ

目次

# マリコ書房よろしくね

## 小顔の勝利

# 美女の魔界退治

イラスト

著者

会いたい
なあ

# 〝お籠もりビューティー〟宣言！

暗いニュースばかり続いている今日この頃。

さすがの私もうちにじーっとしている。外に出る仕事はほとんどすべて延期となり、お芝居もコンサートも、パーティーも中止。毎日あった会食も、次々とキャンセルとなった。

ひまになって時間をもて余していた私は、髪のエステに出かけた。十枚つづりのチケットがあと一枚残っていたからだ。ここは「髪のライザップ」といわれて、とにかく髪がピカピカになる。すごい。私の髪も久しぶりに〝天使の輪っか〟が出来た。

帰ろうとしたらお店の人が、

「少し早いけれどお誕生日プレゼント」

と顔のエステ用品をくれた。なんでも容器でつくり出した水素をパックにしみ込ませ、それを顔にあてるのだという。

「これからの〝お籠もりエステ〟にお使いください」

〝お籠もりエステ〟という言葉に私は感動した。

次会う時は
美人になってます

そう、外に出かけられない。楽しいことなんか何もないような日々、自分でなにかをつくり出さなくてはいけなかったのだ。

みんなNetflixやDVDを見たりしている。たまに本を読んだりしている人も。不思議なことに断捨離している人は私の周りには誰もいない。

もしかすると、モノが不足するかもしれない今日この頃、人は簡単に捨てなくなった。だいいち断捨離するには、体力と前向きの心が必要なんだ。

しかしもうひとつ、〝お籠もりエステ〟、いやもっと大きく拡げて〝お籠もりビューティー〟を始めようではないか。このつらい時期が終わった時、ますますキレイになっているという計画だ。

私がかねてからダイエットを始めていることをしつこく書いた。毎晩毎晩、すごい人気レストランに行き、ワインをがんがん飲んでいた生活から一変。うちで三食食べる生活に。朝はちょっぴりご飯を食べるけど、昼食、夕食は糖質カット。お酒も飲まない、そうしたら少しずつ体重が減り始めたではないか。

「食べることしか楽しみがなくて、ジャンクを食べながらテレビばっか見てるから、すごく太った」

という友人からのメールは多いが、私はそんなことはしない。いただきもののお菓子も口にしないようにした。

いただいた水素パックをはじめ、うちの中にある化粧品をいろいろ試してみる。パックやマッサージクリーム、体をひきしめるボディ美容液も塗りたくる。

睡眠時間もたっぷりあるから、お肌もツヤツヤだ。気になるのは弛(たる)みだろうか。これについては、今度すごいマッサージを受けることになっている。

私の親しい編集者が、会うたびに小顔になっているのだ。顎もきゅっとなってアイドルみたい。

「何やってるの？」

「ハヤシさん、今、ものすごい奇跡のようなマッサージをやってもらっているんですよ」

マッサージといえば、私はかつて田中宥久子(ゆくこ)さんにとてもよくしていただいていた。あの方が考案した「造顔マッサージ」というのは、リンパに添って力をこめていくというもの。

「自分でも出来るようになってね」

と私は特訓を受けていた。私と同じように田中さんの愛弟子だった黒柳徹子さんは、今でもこのマッサージをしているそうだ。そうして今も変わらぬ若さと美貌を保っていらっしゃる。

先日久しぶりにお目にかかったら、

「ハヤシさんはどうしてらっしゃるの？　ちゃんとやってらっしゃるの？」

と心配してくださった。

しかし田中さんが亡くなってからは、サボって何もしていない私。その替わり、機械やらエステやらいろいろ試している。

編集者が勧めてくれるそのマッサージは、田中さんのものとはまるで違うものらしい。試しに一度やってみたくなった。彼女が予約をとってくれ、今度やることに決まった。料金はかなり高いが、これで小顔になるなら仕方ない。

問題は出かける、ということだ。しかしエステは一対一であるから、不特定多数と会うわけではないのでこれも〝お籠もり〟ということで。

そうそう、トレーニングもすることにした。パーソナルトレーナーに教えてもらったやり方を、家でも試してみる。

スクワットやいろんなことをやりながら私は考える。そうよ、このつらい日々、顔もスタイルもうーんと向上してみせるぞ。

いやなことばかり考えるといやなことばかり起こる。ルールに逆らって外でバカ騒ぎしても、つまるところ自分にかえってくるだけ。ここは逆手にとって、外に行けないことをプラスに変えよう。ここに〝お籠もりビューティー〟を私は宣言する。

# STAY HOME!

皆さん、本当に大変な日々をおすごしだと思います。なんとかみんなで、このつらい時期を耐え抜きましょうね。

きっとすぐに、おしゃれをしたり、おいしいものを食べたり、お酒いっぱい飲める日がまたやってくると信じて！

ところでこの原稿は、この本が出る三週間ぐらい前に書く。よって刻一刻と悪化する新型コロナに対応出来ないわけ。

たとえば都の要請がある前は、外での花見は自粛であったが、お店の中で少人数でご飯を食べるのはそんなに厳しく咎められなかった。しかし今、そんなことをしたら非国民ということになる。よってこのエッセイも何度か手直しをすることになった……。

そしてあっという間にエステもジムも閉鎖になり、楽しいことが減っていく日々。

おととい男性から、

「パーッとワインでも飲まない？」

と誘いがあり、超人気店のカウンターを指定された。いつもならホイホイ行く私。しか

し私はLINEに、

「STAY HOME」

と書いて送った。こんな時に楽しそうにワイン飲んでいるところを、人に見られたら何を言われるかわからない。そんなことよりも、ここでコロナに感染したり、周りにうつしたりしたら一生の不覚であろう。

今はとにかく、うちにいて楽しくなることを考えている。〝お籠もりビューティー〟もそのひとつ。この際だから、もらいものの化粧品をみんな試すことにした。そうそう、ジムがなくなったから、スクワットも自分で。

このあいだうっかり、女性週刊誌の対談に出たら、二日間暗黒となった。女性週刊誌の活版ページだと、アンアンのグラビアページみたいにヘアメイクもつかない。気配りもない。修整ももちろんない。それにしてもひどかった。ものすごいおっかない顔をした、肥満のおばさんが写っていた……。

とにかく食べるものにも気をつけて、せっせと体を動かす。これが〝お籠もり〟の大切なところ。

夕食も私が毎日つくる。今まではウィークデイは、お手伝いさんがつくってくれたし、週末は夫と近所のレストランに行ったりしていた。しかし今、お手伝いさんも時短なので、毎晩私がつくる。家族のために、一生懸命やる。

もともと料理は嫌いではない。ゆえに台所の整理をかねて、いろいろつくる。昨夜は、賞味期限を半年過ぎたタラバガニの缶詰があったので、それを使ってカニ玉にした。玉子四個使って、ふんわりと仕上げ、中華風のとろみをつけて出来上がり。

それから蕗とタケノコの煮物。これはちゃんと昆布とかつお節で出汁をとる。アジの干物を添えて。わりとふつうのわが家の夕食。

おとといはひと口カツにサラダをいっぱい。今日は酢豚と、北海道の友だちから届いた帆立貝のバター焼き。

こういう時だからこそ、おうちご飯は充実させなくては。ポトフやカレーを煮込んでいる最中、本なんか読んでいると、とても充実した幸せな気分になる。

と思っていたらテレビで、飲食店がこのままでは倒産相次ぐと、深刻なニュースを流していた。そうかぁ、みんなうちでご飯を食べるから、お店はどこも大変なんだ。

今こそ「ウーバーイーツ」を頼む時かもしれない。うちの郵便受けには、最近「何でもお届けします」という店屋のチラシが何枚も入るようになった。

テレビの情報であるが、あの「ウルフギャング・ステーキハウス」のステーキも二人前から届けてくれるそうだ。かなりいいお値段であるが、一度試してみようではないか。

なんてこの原稿を書き上げたら、担当のシタラちゃんから、

「在宅勤務なので、イラストごと取りに行きます」

というＬＩＮＥが。彼女はうちの近くに住んでる。久しく家族以外と会っていない。うちの秘書も在宅勤務だ。

会いたいなぁ……。私は駅前の喫茶店を指定した。カフェではなくて、昔ながらの喫茶店。あそこは外にテーブルがある。今からそこに行くつもり。アイスコーヒー頼んで、マスクの隙間からちゅっと飲む。会話はマスクごしでいたしましょう。

それから夜のお楽しみは、やはりDVDとみんなとのLINEであろうか。会えない分、毎晩たくさんの人たちと連絡し合っている。今、みんなが競っているのは、笑える動画やグッとくる動画を見つけ出すこと。

ワンコと一緒にエクササイズしているのや、ただ笑わせるためだけにつくった、罪のないフェイクニュースなんかが送られてくる。これを友だちと見せ合う。

先日は「とてもつらい。ウツになりそう」という友だちがいて、みんなが必死で慰めた。

「鼻毛切りで脅した強盗」

なんてフェイクニュースも、この時提供されたのだ。そして私はわが身を犠牲にした。どてっとソファに横になっていたら、娘がこっそりスマホで撮り、トドの寝ている姿と合成した写真を送る。これが大ウケ。笑笑のマークで埋まる。拡散されたら、私の明日はないが。

# 魔界退治始めました

新型コロナによる長いひきこもりで、みんなストレスが溜まっている。
上手にトレーニングしたり、食事に気をつけている人もいるにはいるが、たいていの友だちは、何かひとつの食べものに異様に固執してしまうようになった。

「カルビーの堅あげポテトが止まらない」

「ローソンのシュークリームにハマっている」

などというＬＩＮＥが次々と。

実はOdakyu OXで最近売り出した「牛乳かん」がたまらなく好きになり、行くたびに三個買ってくる。そんなに甘くないので罪悪感も少ない。

何度も言うように、誰にも会えない、どこにも行けない私の日常を楽しませてくれるのが、友人とのＬＩＮＥによるお喋り(しゃべ)り。

仲のいい編集者Ａ子さんは、いつもいろいろな情報をくれる。散歩の時、撮ってくれるお花や風景は私の慰めである。彼女は有名な占い師、水晶玉子先生の担当だ。

この玉子先生は、昨年、

「二〇二〇年は、二百年に一度世界が変わる時」

と既におっしゃっていたというからすごい。

このところA子さんは、ずうっとテレワークをしていたが、最近体が固まり腰が痛くなってきた。昔ハマったコアリズムのDVDを見つけて、腰をまわしたりしたが効果がなかったそうだ。

そんな時に本の打ち合わせで玉子先生に会ったら、

「魔界退治をしなさい」

とおっしゃったという。

自分の家の中には必ず魔界がある。すっきりさせたい、とずうっと思っているところ、ごちゃごちゃした場所、何かをしまったままのケースや引き出し。

「そういうところは、気の流れが滞っています。今がチャンスよ。早く魔界退治をしなさい」

ということで、部屋の片隅の片づけを始めたそうだ。玉子先生から注意されたとおり、ちゃんとマスクをして。

「そうしたら、昔コレクションしていた石鹸がゴロゴロ出てくるわ、使ってないマスクが何枚も出てくるわ、本当にラッキーでした」

実は私も、昨日からこの〝魔界退治〟を始めていたのである。

最初の頃はそんな気力も体力もなく、

「断捨離なんか絶対にムリ」

と思っていた私だが、さすがに最近考えが変わった。

「これだけ長いお休みはまずないだろう。うちの中をスッキリさせよう」

そう決意したのは、B子ちゃんがやってきたからだ。上京して三年、バイトしながら夢に向けて頑張ってるボンビーガール。たまにご飯をご馳走したりして励ましていたのであるが、このコロナ騒ぎでどうしているか心配になって連絡したら、

「バイト先も閉鎖になり、本当に困っています」

それでうちに来てもらうことに。私の書斎の本の整理をしてもらったのであるが、仕分けするのはやはり私じゃないとむずかしい。

「それならメルカリやってくれない?」

実は何人かに頼んだのであるが、あんまり一生懸命やってくれなかった。しかし自分で言うのもナンであるが、うちはお宝の山ざんす。

未使用のブランドものの靴にバッグ、アクセサリーがいっぱい。

「だけどあんまり高いものは売れないみたいですよ」

というB子ちゃんのアドバイスによって、最初はお財布やポーチにした。箱に入ったブランドもののポーチは五百円。お財布は三千円。みるみるうちに売れていくではないか。

私は箱や袋を取っておくタイプではないのだが、うちの中にゴロゴロしていたので、出来

るだけそれに入れて、送り出すようにした。

そして面白いようにオファーがあり、なんと半日で五件も。B子ちゃんのスマホには、コメントも寄せられている。

「シャネルのショール、どうしても欲しいのですが、決心がつきません。お値段、相談させていただけませんか」

そういう人には、ちゃんと値引きもした。

「ブランド品買うの初めてだってことだから、丁寧にくるんで、シャネルの紙袋に入れてあげてね」

と頼む。B子ちゃんは要領よく五つの紙袋をつくり、

「帰りにローソンに出してきます」

と帰っていった。そして私は本の整理。資料として買ったむずかしい全集や本は、地方にいるインテリの友人の図書室へ送ることに。そして近所の奥さんに持っていってもらう新刊の小説やエッセイは紙袋に。

私の仕事部屋は、かなりすっきり。魔界からちょっと変わったかも。

そしてなんと、机の上から、探しに探していた、クロコの(!)エルメスのお財布を発見。これはこれから私が使う。金運が上がりそうではないか。

# お散歩ノスタルジー

先週お話ししたように、〝魔界退治〟しながらメルカリをやっている私。やるそばから、メルカリは面白いように売れていく。そりゃあ、そうです。何を出品したかとははっきり言えないが、未使用ブランド品をウソみたいな値段で出しているんだから。

しかし売れないものも幾つか。食器や教材の類は、新品であってもなかなか買い手がつかない。私としては、

「タダでいいから貰ってほしい」

という気持ちなのであるが、そういうのは別のサイトでなくてはダメみたいだ。

さて、楽しいことは何もない毎日であるが、楽しいことは自分でつくろう！　これが出来るかどうかということで、毎日の生活はまるで違ってくる。本気で一緒に頑張ろう。

オンライン飲み会もいいが、そう毎日出来るわけじゃない。私は料理をものすごく一生懸命作るようになった。毎晩見せ合う友だちが出来たからだ。

お皿やテーブルマットも素敵なものにして、スマホでパチリ。そんなに無理はしない。

顔がゆるんで
片方
一重になって
しまいました

疲れている時は、テイクアウトのお弁当を見せたりする。

テレビやユーチューブ、本というのもいいけれど、最近は散歩に凝っている。今までは日に一度、スーパーの帰りに遠まわりして歩いていたのであるが、三日に一度にしてください、という小池知事からの要請があった。

そんなわけで買い物は出来るだけ減らし、あちこちを歩きまわる。これがとても楽しい。住んでいるのかいないのかわからないようなお屋敷があったり、ものすごく素敵な新築マンションを眺めたりする。

ところで最近はさすがに行っていないが、このあいだまで顔のマッサージに通っていた。私の友人が「整形した？」というくらい変わっていたので聞いたところ、そのサロンを教えてもらったのだ。

港区の雑居ビルの一室で、女性が一人でやっている。顔の筋肉の流れに沿って、計算しながら上げてくれるというもの。よく見ると小顔になったような……。しかし、その後誰とも会っていないし、どこにも行ってないので、人からの反応がまるでない。これはつらいところである。

さて、その雑居ビルを出て、タクシーを拾おうと裏道を歩いていた。ここはおしゃれなエリアなのであるが、その日は人っこ一人歩いていなかった。

そしてあることに気づいた。ここって、昔のカレシが住んでいたとこじゃん！　懐かしいなぁ……。大通りから一本入り、くねくねと車を走らせていく。しかし昔の趣はまるでない。小さなお店は消えて、マンションが建っているのだ。

しかし人間の記憶というのは不思議で、自然に歩いていく。ついに目印を見つけた。そう、ここの裏道には素敵な帽子屋さんがあったのだ。帽子屋なんてとうになくなっていると思っていたのにちゃんとあった。確かこの帽子屋さんからしばらく行って、どこかを右に曲がるんだっけ。一階はアパレルの会社が入っていたマンション……。

なんとありました！　一階の会社は違ってたけどマンションはあった。郵便受けをのぞいて、まだ住んでいるのか確かめたかったが、それではまるでストーカーではないか。

いい思い出はいい思い出のまま終わらせようと帰ったのであるが、ふと思った。もし、万が一、昔好きだった人が、あちらから歩いてきたらどうしよう。とても会えない！

マスクをしているといっても、気づくに決まってる。

話は変わるようであるが、最近スッピンにマスクをして、近所を歩くと以前よりも声をかけられる。

「おはようございます」

「お元気ですか」

とか、行く人が挨拶してくれる。

「このあいだ週刊誌で、マスクをしている芸能人のグラビアが載ってた。マスクや眼鏡でもオーラは消せないって……私もそうなのかしら」

と夫に言ったら、

「体型でわかるんじゃない」

だと。なんと失礼な。

しかし確かにコロナ太りはすごいところまで。炭水化物が異様に好きになっているのには、自分でも驚きだ。生物として危機を感じると、人間は炭水化物を欲しがるというのは本当かもしれない。

話がそれたが、こんなデブになってスッピンで、髪がバサバサの私を絶対に元カレに見せたくない。それですぐに裏通りから、逃げるように大通りに抜けた。

それでも甘やかな思いはずーっと残っていて、今、どうしているのかな……と考えたりする。それだけでちょっと幸せ。そして女友だちに長いＬＩＮＥをする。彼女は恋愛現役バリバリなので、送ってくるものはアグレッシブだ。

「今、不倫がすごい盛んで、昼間からみんなシティホテルに行ってるらしいよ」

それから、

「ダウンタイムが気にならないから今だって、女性たちが美容整形に詰めかけてるって」

そうか、世の中そんなことになってるんだ。

# お裾分けしなきゃね

怖れていたことが起こった。

前号のイラストで描いたが、私の片方の目が一重になったのである。顔が弛緩（しかん）すると時々起こる。昔は山梨の実家に、二週間ぐらい滞在していると、両方の目が一重になった。

どうしようかと焦ったが、東京に帰る時ばっちり化粧をしたら、すぐに二重になったのには驚いた。人の顔って緊張でこんなにも変わる。

だが一重になったのは久しぶりだ。いかに心と体がユルんでいるかわかる。

この一ヶ月ぐらい化粧をしていない。ヘアサロンに行ったのは一回。気分転換にシャンプーブロウしてもらったぐらい。カットもカラーリングもしていないから、バサバサのひどいことになっている。

さすがにいつも同じような服を着ているのを反省した。だってそうでしょ、うちの中にしかいないのに、ババッちい服を着ていたら気分も下がるし、家族だってイヤだろう。

そんなわけでクローゼットから出してきたのは、ジル サンダーの黄色いカットソーに、

レミゼの出演者たちのこれ
感涙ものです!

PRADAの黒いプリント柄のスカート。黒いロングカーディガンは、マカオで買った、ザ・ロウ。晩春らしい可愛い組み合わせ。

ただスカートの下で波うつお腹が気にかかる……。本当に何とかしなきゃ、コロナ太り。自粛解除までには頑張って、元のレベルぐらいには戻さなくては。低レベルではあるが、今よりもマシ。

時々ぼーっとしながら、世界が平和になったら何をしようかなぁと考える。パリやミラノ、ニューヨークを旅行したいなぁ。しかし本屋さんも半分は閉鎖されて、どんどんビンボーになっていく私である。以前のような消費生活をおくるのは、まず無理であろう。

こうなったら、思いきりインドア女になってやろうではないか。

何度もお話ししているとおり、断捨離とメルカリに精を出している。

ところで私の生活信条として、

「自分のところでとどめておくよりも、いちばん喜んでくれる人にあげる」

というのがある。

そう、私の数少ない美点のひとつは、「もの離れがものすごくいい」ということなの。

某アイドルにお会いしたら、写真集にサインしてくださった。これはその人の熱狂的なファンに。

「本当にいいんですか!?」

と彼は狂喜していた。

ラグビーワールドカップのチケットも、大ファンにプレゼント。着物は、お茶を習っている若い人に。

今回片づけていたら、オペラのＤＶＤがいっぱい出てきた。これは海外に住む友人に航空便で送ることにした。歌舞伎好きな人には、襲名の記念品エトセトラもあげることに。

思い出した。球界の大スターと、たまたまお会いする機会があった時、サイン入りのバットをいただいた。これは迷った揚げ句、

「お子さんたちに見せてあげてください」

と、少年野球チームを率いる方にさしあげたのだ。

この時はさすがに秘書のハタケヤマも、

「ハヤシさん、ちょっともったいないですよ」

と止めたものであるが、

「私がとっておいても、そこいらのガラクタと一緒になるだけ。いちばん喜んでくれる人に、新しいうちにあげた方がいいんだよ」

もちろんアカの他人の、メルカリ使う方々には、ちゃんとお金をいただきますが、新品のものもすごーくお安くしている。

さてこんなことを言うと自慢めくが、私は本当に人からいろんなものをいただく。

お誕生日のプレゼントはもちろん、ふだんも農作物やらお菓子やらが。

今月だけでも新玉ねぎ二箱、アスパラガス、おまんじゅうにおせんべい。明太子に、ニ

シンの菜の花漬け。

「出かけられなくて困っているでしょう」

と知り合いのレストランからは、ハンバーグと生鮭が宅配で届いた。

つまり何を言いたいかというと、モノをあげるのが好きな人のところには、モノがいっぱい集まってくるということ。そしてぐるぐるまわって、とてもよくバランスがとれているということ。

最近みんなが私に問う。

「どうしてあなたのところ、こんなに面白い動画が集まってくるの⁉」

私は答える。

「それは皆に拡げているから」

夕飯後、私はとても忙しい。動画を仕分けて、面白い、これはイケる、と思ったものを友だちに送っているのだ。

「毎日、マリコアワーが楽しみで楽しみでたまらない」

という人もいれば、リアクションない人も。こういう人は次から送らないようにして、私はスマホを操作する。何十人もに送るから、指が痛くなってくる。

お笑いものも多いが、最近のヒットは、日本の〝レミゼ〟の出演者たちが、高らかに「民衆の歌」をラインでつないで歌い上げるもの。

そうよ、今は感動のお裾分けをしながら、助け合って生きていかなきゃね。

# スマホからこんにちは！

本当に何週間ぶりに、仲よしが集ってご飯を食べた。

と言うと、

「まぁ、そんなことして」

と怒る人がいるけど、お店はルールにのっとって、六時から八時までと決められている。私たちもルールにのっとり、三人と少人数。おまけにそのうち一人は、このあいだの抗体検査で陽性と判明。知らないうちにかかって、知らないうちに治っていたということだ。

「もう怖いもんなしよ。これからはマドンナ〇子と呼んで」

と、すごく得意そう。

「そうは言っても、二度感染する人もいるらしいよ」

ということで、私たちは換気の出来る個室で大きく窓を開け、互い違いに座ってソーシャルディスタンス。

毎日のようにＬＩＮＥでお喋りしていたけれど、会うとすごく楽しい。もうキャーキャー。最近の恋バナ、私と違ってあとの二人は現役なので、今の情況、カレに会うのがどん

なに大変か、ということになる。

電話かLINEだけだと、どうしても心が離れていく、なんて話をハイボール飲みながら。

お酒は七時までということなので、どうしてもハイピッチになる。

そのうち一人が、

「この頃私はリモート出来るようになった」

私と同じように、ITに弱い人なのにびっくりだ。

「ちょっと○○さん、呼び出してみよー」

彼女はマスコミの仕事なので、芸能人とも仲がいい。たちまちスマホの画面に、人気者の俳優さんが現れた。

「もしもし、○○さーん」

「やぁ、久しぶり！」

ものすごく楽しそうに話をする。そうしたらもう一人もスマホを取り出した。

「△△さん、元気ィー」

彼女はテレビ局の人なので、目もくらむような有名人がそこに現れた。私なんかびっくりして声も出ない。

「ほら、ここにいるの、作家のハヤシマリコさんよ。知ってるでしょ。代わるわね」

突然スマホを渡されて、

「あ、どうも、どうも。はじめまして」

と頭を下げる私。

こうしている間にも、二人は電話かけたりテレビ電話使ったりと、次々と芸能人を呼び出す。当然のことながら、皆さんうちにいらっしゃるので、髪がハネてたり、くつろいだ格好をしている。それがとても新鮮だ。

中にはトレーニングマシーンが背景にある人も。スターさんともなれば、本格的なトレーニングルームがあるんだ。

テレビ局の友人がスマホ片手に言う。

「マリコさんが話したい人、呼んであげるわよ」

「えー、本当!?」

嬉しいなぁ。

「それじゃあ、サトウタケルさんを……」

「うーん、ちょっと若過ぎるわね。あの年代は知らないかな」

ということで却下された。

こうして有名人とお酒飲みながらお話をするという夢のような夕ご飯は終わったのである。あぁ、楽しかった。またやろうね、とみんなで別々にタクシーに乗る。本当ならば、ちょっとバーにでも寄りたいところであるが、調子にのってはいけない。

ところで、この頃うちにいる時、いい服を着ているとお話しした。

よく考えたら、今年は二ヶ月間うちに閉じこもっていたのだ。その間通販のものばかり着ているのは、ちょっとさびしい。そんなわけでここんとこ、うちにいる時も、昔買ったPRADAやドルガバのワンピを着ている、ということを自慢したら、

「あーら、私なんかこの頃ZARAばっかり」

という友だちがいた。彼女はおしゃれなことで有名だ。久しぶりに会ったその日もシフォン風のワンピを着ていてとても素敵。

私は考えた。もちろん体型や年齢のこともあるのだが、世の中にはファストファッションをものすごく素敵に着こなす人がいる。

それはなぜなのか……。

彼女たちは毎日職場に出ていく。もちろん今はテレワークも多いらしいが、週の半分は人に会い、打ち合わせをしている。

つまり外に出て働くということは、それだけ〝気〟を服に与えているということではなかろうか。いろんな人の〝気〟が、洋服にうつるということもある。

そこへいくと、私の職場は、私と秘書の二人だけ。その彼女もテレワークで休んでいた。ということは、会うのは家族だけで、一人で部屋に閉じこもっている。

そういう時に、ファストファッションだと、なんか気が落ち込むかも。〝気〟を与えるんじゃなくて、もらう一方になっているから。そういう時、ハイブランドを日常に着るという昂(たか)まりが欲しいワケ。ホントにいろんなことを考えながら、自粛がんばりました。

# お籠もり太りの災難

長い自粛は、好き放題食べればどれだけ太るか、という実験の時でもあった。

そういえば、緊急事態宣言が出されて、みんながおとなしくうちにいた頃、北海道大学（当時）の先生が突然現れて、

「何も対策をしなければ、日本全国で四十二万人が死ぬ」

とかいう試算を出し、

「今頃そんなこと言われても」

と皆がとまどったことがあった。

私の試算としては、

「太るといっても限界というものがあるだろう。絶対に痩せる、とかいう酵素も通販で買って飲んでるし。しっかり食べても、せいぜいが二キロくらいかも」

が、これが甘かった。ずーっとうちにいるもんだから、食べることが本当に楽しみ。また全国各地から、友人が名産をいっぱい送ってくれ、本当に食べる、食べる。夜は八時間

しっかり寝ていたら、しっかりお肉がついた。

そしてついに最悪の事態が。

うちの中庭には、本を三冊立てたような塀がある。通路と庭をつなぐ塀だ。この本のような塀の間をとおって庭に出るわけ。

しかしついに体がつっかえるようになった。お腹をへっこませても、ざらざらした塀が体をこする。中庭に行く時はドアまで遠まわりすることに。

今、週刊誌の対談の仕事もお休み中なので、人前に出ることが全くない。それで油断してしまったわけだ。

が、六月の声を聞き、ジムも再開されることに。そしてエステからもぜひいらしてくださいというLINEが入った。

それで今週、久しぶりに行ってきた。二つのところに。

それはまだこの騒ぎが起こる少し前のことだ。友だちに久しぶりに会ったら、顔がすっきりして目も大きくなっていた。

「ついにお直ししたの?」

と聞いたら、奇跡のマッサージのことを教えてくれたのだ。

顔には独特の筋肉があり、それは頭の皮ともつながっている。だから顔と頭の皮とを一緒に引っぱればいいのだが、これがものすごいテクニックと経験がいるんだと。

教えてくれたサロンに行ってみたところ、女性が一人でやっていた。さっそく施術してもらい、しっかり写真を撮る。タブレットで来た時の写真と比べると、確かに面積が小さくなったような……。

「ハヤシさんの顔を、これから私が計算してつくっていくから、他のところには行かないでね。ヘンに刺激されるから」

そうはいうものの、マシーンで顔を上げる別のサロンをやめるわけにはいかない。とても親切にしてくれているし、帰る時には必ず次の予約をする雰囲気だ。

私は考えた。どちらもかなりの金額だ。ン万円×四回。プラス、ン万円×二回。ひと月でびっくりする額になった。

「私ごときの顔に、これほどの大金を遣っていいものであろうか……」

自粛の時はどちらもお休みしていたのであるが、また通うことに。気が弱い私は、きっぱりやめることが出来ないのである。

しかもつい最近やったリモート女子会で、私は本当に顔がデカいなぁと、しみじみわかったことも大きい。

みんな特殊なライトを使っているわけではないが、一人だけやけにキレイな人がいた。

「私のうちのテーブルクロス、白いからじゃないの」

ということで、私もあわててひざに白いフキンを置いたっけ。が、そんなことはムダだった。

あのパソコンのカメラを使うと、美人かそうじゃないかはっきりわかりますね。美人さんは鼻が高く骨格がいいので、パソコン映りもバッチリ。私のような平べったい顔は、ものすごくヘンに光があたる。頬の肉にもあたる。

とにかくダイエットをちゃんとしなければ、もう社会復帰出来ないであろう……。

ところで、今日タクシーで表参道を走っていたら、ショップがそろそろ開き始めていた。が、お買物をする気がまるで起こらないのである。

この長い自粛の間に、クローゼットの断捨離をやった人は多かったに違いない。私もそうだ。すると出てくるわ、出てくるわ。ほとんど袖を通していないものが、いっぱい。

びっくりしたのは、紺か黒のスカートが二十枚近くあったことだ。そしてブランドもののカーディガンやTシャツ、ワンピもぞろぞろ。

スーツ以外のものは、うちで着ることにしたと前にお話しした。これからは大切に、ちゃんと長く着てあげようと決心する。そして古いお洋服をちゃんと着ている、と確信出来たら、初めて夏服を買いに出かけましょう。

ところで私は聞きたい。

芸能人やモデルさん以外に、ずーっとお籠もりしていてキレイになった人っているんだろうか。うちの中で毎日ストレッチやヨガやっていた人って、一般人で本当にいる？　私の周りはみんなコロナ太りの災難から逃れてはいないけど。

# おしゃれスイッチ、ON!

長ーい長い自粛生活に一応ピリオドが。

しかし途方に暮れている人はとても多いのでは。

仕事の面でももちろんであるが、

「これからどうしていいのかわからない」

とつぶやく女友だちはとても多い。

たいていは体重を増やして、私みたいに全体的にむくんでいる。瞼に脂肪がたまって、一重になったのは私だけかと思ったら結構いて、

「奥二重になり、目が小さくなった」

という声も。

なにしろ二ヶ月すっぴんでいたので、化粧の仕方も忘れている。化粧品の売れ行きが落ち込んだとニュースでもやっていた。

洋服だって、ショップはどこも閉まっていた。この私が、被服費が四月、五月はほぼゼロ。コンビニでストッキングを買ったぐらいだ。三百円。

自粛中多くの人がそうしたように、私も洋服の断捨離を始め、そして驚いた。

「こんなにも着ない服を持ってたのか!?」

というわけで、ちょっと前のブランド服をふだんに着るようにしている。かなり高いよそゆきワンピも着て、ご飯つくったりしている。

私が気に入っているオンワードのCMに、

「今、わたしたちは試着室の中にいる」

というのがある。

そう。本当におしゃれな人というのは、うちの中であれこれ着て、コーディネイトチェックしているらしい。

私はそんなのではなく、単にもったいないから着ようというもの。それにデブになったせいで、ほとんどのものがきつくなり、ちょっと投げやりになっているかも。

おとといタクシーで表参道を通ったら、いろんなショップが再開していた。店の中には店員さんだけでなく、お客さんの姿も。

「ああいうお店に入って、お洋服を買う日がまたくるのかしら……」

本屋さんも閉まってたから、かなりビンボーになっている。お金のことだけではなく、新作をあれこれ買うパワーが私にまだあるかしら……。

と思ってたら通販のカタログが届いた。ここは通販といっても、オバさんっぽくなくて、気に入っている。特にTシャツがかなりのすぐれもの。

衿の形や袖の長さまで選べて、二千五百円。私は毎年白のTシャツを五枚ここで買っているのだ。

そうしたら姪っ子が、某アパレルメーカーのオンラインで買った、ワンピとTシャツを送ってくれた。

「伯母ちゃん、このあいだはマスク送ってくれて本当にありがとう。これはお礼です」

身内を誉めるのはナンだが、本当にいいコ。学生の頃から可愛がっていて、靴やバッグをどっさりあげていたっけ。

そして今日白Tシャツと、一緒に買った夏のパンツも届いて、なんかその気がかすかにわいてきたのである。そう、

「おしゃれをしたい」

という気分だ。

しかしまだ表参道のショップに行く勇気と元気はない。こんなデブの体を、なじみの店員さんに見せたくはないもの。

まずは通販、オンラインから始めてみようではないか。

そう、来週からエステやジムも始まる。パーソナルトレーニングのスケジュールも決まった。ゆっくりと元に戻していかないと、私はこのままバババッちいおばさんになってしまうかも……。

なんてつぶやいてたらスマホが鳴った。若い男友だちからである。フリーランスの彼は

東京で仕事をしていたのであるが、このコロナ災害で生まれ故郷に帰っていた。そこで以前からおつき合いしていた女性と愛を育んでいたんだって。

「結婚するかもしれない」

ということでよかった、よかった。しかも相手の女性は、年上のバツイチで、大きなお子さんもいるという。こういう話を聞くと、

「でかした、えらいぞ」

と心から思う私である。

若くてキレイ、ということばかりに価値をおく、そこらの男に聞かせてやりたい。

そう、この自粛の間に、結ばれたカップルはかなりいるかも。みんな人との絆とか、人間の本当に大切なことがわかったのではないだろうか。

韓流ドラマ「愛の不時着」が、どうしてこれほど女性の心にささったかというと、ソン・イェジン扮する、大富豪の令嬢でキャリアウーマンの女性が、泣きながらつぶやくシーン。

「私は誰からも愛されなかったし、全部ひとりで自分を守ってきたの。誰も必要としなかったの。だからあなたと会って、どうしていいのかわからなかったの」

そう、北の軍人である恋人が、自分の命とひきかえに彼女を救ってくれた。その彼のことを言っているわけ。私は泣きました。

自粛中はロマンスが必需品であった。現実は無理だったから、こうして私は毎晩韓流ドラマを見続けた。

# マリコの恋と運命

二〇二〇年六月十七日号のアンアンは、「恋と運命」。そう、占いの特集であった。

私と仲よしの中園ミホさんが、人生においての占いの大切さを語っている。彼女はこの何年か、仕事運もすごいが、恋愛運もすごい。

自分の運気の流れを知っていると、こういうことが上手に出来るらしい。

私はもちろん占いが大好き。名だたる人にはみーんな見てもらったと思う。

江原啓之さんとは、昔から親しくさせていただいているが、きっかけはアンアンの対談であった。

場所は六本木のとあるスタジオだ。対談が終わった後、二人で庭に出て撮影。

そこに立っていた時、江原さんがふとこんなことをおっしゃったのだ。

「どんな場所にも、いい気が流れているところと、悪い気が流れているところがあります」

「それじゃ、ここはどっちですか」

華やかな六本木のちょっとはずれ。庭の周りには緑もあって素敵。私はとてもいい気が

流れていると思ったのだが、

「あっちの方から、すごくイヤな気が流れてきました」

江原さんはそうおっしゃって、ふりかえった。視線の先には、スタジオに面して大きなしゃれたうちが建っている……そのとたん、記者の人たちがばらばらとやってきて、そこに近づいていった。実はその時間、その家のあるじ、有名な某女性が亡くなったのである。

一度きりだが、宜保愛子さん、細木数子さんにもお会いした。

その頃、私が知りたかったことはただひとつ。皆さんと同じ、

「私、結婚出来るでしょうか？　運命の人は現れるんでしょうか？」

当時私は必死だった。男の人は次々と現れたが（ウソ）、まぁ、恋愛はしたものの、結婚まではたどりつけない。あれやこれやしているうちに、三十を過ぎていった。あの時の焦りといったら……。

その頃はよく海外に遊びに出かけていた。ショッピングにも精を出したが、占いも必ずした。それは今も変わらない。

スペインでのジプシー占い、ニューヨークでの怪しげなやつ。

あれはギリシャに行った帰りだったと思う。現地の女性占い師はおごそかに言ったのだ。

「帰りの飛行機の隣に座った人が、あなたの運命の人」

ところが帰りの隣の席には誰もいなかった。が、機長の急病で着陸地が台北に変更。ホテルに向かうバスの中で、窓際に座る私に、声をかけた男性がいた。

「そこ、空いてますか？」

高校の若い数学教師であった。これは本当の話。しかし二回ほど東京で会ったが、全く進展なし。

それから二年後、仕事で知り合ったカメラマンが言った。

「うちの奥さん、霊感がすごいんだよ。その人の結婚相手とかも、ばんばん見えちゃうんだよねー」

「会わせて」

と私は頼んだ。そしてお酒の席からその人のアパートへ。

若いふつうの奥さんが言った。

「ハヤシさん、すっごく若い男の人の顔が浮かぶのよ」

「えっ、本当ですか」

「うちの娘がよく見てる『ウルトラマン』に出てくる人よ」

グーグルなどのネットがない時代だから、そう言われてもわからない。

「ハヤシさん、今、その人がそこまで来てるわ」

「わー！」

「大きな声で呼びかけてください。あなたは私の結婚相手ですか？　私の運命のヒトですか？　って。その人の声を私がキャッチしますから」

今思うと笑ってしまうのだが、私は子どものオモチャが置いてある棚に向かって叫んだ。

「あなたは私の運命のヒトですか!?」

しかしウルトラマンに出てくる人は、ついに現れなかった……。

そして最後はロンドン。ものすごくあたる人が下町に住んでいるという。私はさっそく紹介してもらった。こういう時、英語が心配なので出来る人と一緒に行ってもらう。彼は日本から一緒にやってきた音楽事務所の人。あちらでオペラを観て、紀行文を書くというバブルの時代ならではのお仕事。とても感じがよく英語がうまい男性であった。

ロンドンの女性占い師は断言した。

「あなたは来年結婚するわよ」

「えっ、本当ですか!」

「あなたがウェディングケーキを切っている姿が見えるわ」

う、うれしい。それから彼女は、音楽事務所の男性を指さした。

「この人じゃないかしら」

彼の一瞬青ざめた顔を、私は昨日のように思い出す。そして私はひょんなことから、次の年別の人と結婚した。よかった、よかった。

そして恋占いは、一応ケリがついたのである。

# スタンプ出来ました！

自粛が終わったとたん、素敵なニュースが！　ＬＩＮＥのマリコスタンプが出来ました。

前からいろんな人に、

「マリコイラストのスタンプつくればいいのに。きっと人気が出るよ」

と言われていた。しかしコトを起こすとなると、四十コの新しいイラストを描かなくてはならない。お金もかかる。

「めんどうくさいからいいや」

と思っていたのであるが、長年の私の連載のごほうびに、マガジンハウスさんがつくってくれたのだ。

過去の私のイラストから起こして、スタンプをつくってくれた。本当にありがとう。

しかも、最新の美女入門シリーズ、『美女ステイホーム』は、付録としてこのシールがついているのだ。

素晴らしい。ぜひ皆さん、買ってください。スタンプも買ってください。

「デブは形状記憶です」

こんなスタンプもありますぜ。

お願いします。なぜって長い自粛が終わり、早くもお買物に走っている私。しかしコロナ前の消費生活に戻るのはむずかしいかも。なぜかというと、収入がかなり減っているから。

クローゼットの中では、お洋服がうなっている。今年のものとコーディネイトすれば、それこそ何通りにもなるはずだ。

しかししつこく書いているとおり、私はいますごいデブになっている。何をやっても痩せない。コロナがのさばっている間は、写真を撮られることもなかったから、野放図に太っていった。

もうテレビになんか当分出られないし、出る気もない。そんな中、仲よしの漫画家・東村アキコさんが、朝のインタビュー番組に出ることになった。

「ハヤシさん、親しい人のコメント、っていうことでVTR出演お願いします」

と編集者に頼まれた。私としては、まぁ、一分ぐらいのことだし、いいかなーと引き受けたワケ。

それが今日放映された。そうしたら涙が出ましたよ。自粛の最中もやっていた美容の数々。あれはいったい何だったのか……頬の弛んだ二重顎のおばさんじゃん。

が、私にはすごい希望がある。先週のこと、仕事の打ち合わせで、作曲家の三枝成彰さんに会った。ご存知のとおり、私と三枝さんは長年のダイエット仲間。二人でいったい幾つの痩身法をやってきたことか。

断食道場に、糖質制限&体操、痩せる専門病院でのサプリメント……。そのバリエーションは数えきれない。

その三枝さんがかなりスッキリして、私の前に現れた。お腹もへっこんでる。

「ハヤシさん、ついに究極の痩せる方法を見つけたよ！」

なんでもとある病院に行き、いろいろ指導してもらい、処方もしてもらうんだそうだ。

「今までもそういう病院に行ってたじゃないですか」

「それがさ、今度のところは効きめがまるで違う。次の日から、食べものの執着がなくなり、あんまり食べなくなるんだよ」

「まさか、コワい薬じゃないでしょうね」

「まさか。有名な先生だよ。その人にいちばん合った方法を教えてくれるんだ」

三枝さんはすごくいい人で、同時にとてもしつこい。自分がいいと思うことは、人にも絶対やってもらいたいというタイプ。

十数年前、一緒に断食道場に行こうと、毎日のように電話をかけてきた。

「本当にすごいんだよ。あっという間に痩せるんだよ。おそらくハヤシさんは、僕に一生感謝すると思うよ」

いつのまにかスケジュールも決められ、一週間断食道場に籠もることに。三枝夫人や友だちも一緒で、一日中ビデオを見てすごし、あれはなかなか楽しかった。シャバに出るやいなや、体重はあっという間に戻ったけど。

今度も同じ。

「ハヤシさん、僕はね、先生に言ったんだ。僕の友人のハヤシマリコさんも、お願いしますって。だから必ず電話してね」

ということで、スマホに何度も連絡してくれた。

私は秘書のハタケヤマに言った。

「というわけで、その先生のところに行ってくるよ。なんでも食欲を抑えてくれるんだって」

「でもハヤシさん、自粛とけて、いろんな会食が入ってますよ。〇〇日、〇〇日、〇〇日は、ハヤシさんが大好きなあの店です」

「わかった。じゃあ、ひと通り終わってから」

すると病院は一ヶ月先になった。この根性なし！

とにかく私はすぐに痩せるはずだから、それまで食べちゃおー。今月中に有名鮨店の予約を二つも入れた。

ところで最近スタンプのお知らせが。

「利益が半月で二千二百円だった……」

テツオにグチをこぼしたら、

「スタンプなんか儲かるはずないじゃん。サイトやれよ、サイト！　ダイエットの」

恥をしのんで、通院する前からやってみるか……。まさかね。

# 記憶にないの

この一週間タガがはずれたように、買いまくっている私。

「もうそんなにモノはいらない」

自粛期間中、殊勝に考えていたのがウソのよう。実は心が揺れ動いてたに違いない。

昨日は友人二人で、某高級ブランドのバーゲンへ。私の友人のお金持ちの奥さんが、

「三ヶ月、通販以外は何も買ってなかったし……」

とパカパカお買い上げ。カードで払う時見たら九十七万であった！　ここまではいきませんが、まぁ私も買った。これでバーゲンは三軒め。それどころか、ふらりと入った青山のお店で、結構高いチェーンネックレスもゲットしたのである。

ところでバーゲンの際、かなりショックなことがあった。ハンガーにとても可愛いワンピがかけてあったので、

「これ、私のサイズある？」

と尋ねたところ、

「ハヤシさん、もうお買い上げですよ」

と店員さんが言うのだ。しかし全く記憶にない。ボケてしまったのかと怖くなった。

「いったい、いつ買ったのかしら？」

「コロナが騒がれ出した頃、二月の終わりだったんじゃないですか。確かクルージングにぴったりとかおっしゃって……」

それで思い出した。そう、そうだったわ。夫と友人夫妻の四人で、瀬戸内海をゆっくりと進む「ガンツウ」を予約したんだ。ここは海上の超高級旅館と呼ばれ、最高の食事とワインが供される。海を見ながらぼーっとお酒を飲む時のために、私はふわっとしたリゾート用のワンピを買ったのだった！

さて、買ったことは甦（よみがえ）ったのであるが、そのワンピがどこにあるか、まるで忘れてしまっている。なぜならコロナが深刻なことになり、クルージング自体がストップになってしまったからだ。

私のワンピースはどこに？　クローゼットを探した。クローゼットからはみ出したものをかけてあるラックも見た。しかし幻の航海と共に、ワンピも消えてしまったのだ。

昨日、口惜しくてもう一度ラックを見た。ここも飽和状態であるが、ブランドの布のカバーが幾つかぶらさがっている中に、シワだらけとなったワンピを発見した。やったー！

そして今日、アイロンをかけたワンピを着て、お出かけしようとしたら、秘書のハタケヤマが言う。

「それ、すごくヘン。似合いません。だぶだぶし過ぎ」

どうやら街中で着るには、デザインがリラックスし過ぎているようだ。

しかしこのことは、私に幾つかのことを教えてくれた。コロナ前のことを、人はよく憶えていない。した約束も、買った洋服も。なんかぼーっと夢の向こう側にある感じ。

このあいだ友人から、

「ハヤシさん、七月二日にご飯の予約したっけ?」

というＬＩＮＥが入ってきた。

「してるよ。二人で」

そう、なかなか予約のとれない人気店で、三月に入ったか入らないかという時に電話をした。そして七月二日という日が入れたんだ。その時、七月なんて、ずうーっと先のことだと思っていたのに、あっという間にやってきた。そのことが本当に信じられない。

コロナが大変だった最中のことは、ぼーっと記憶から抜けているのである。

連載の小説やエッセイは山のように書いていたけれど、それでも時間はたっぷりあった。毎晩夕飯をつくっていたが、やたら凝り出したぐらいに。ぬか床をつくり、漬けものを始めた。料理本でフレンチにも挑戦した。本の整理もかなりして、メルカリも一生懸命やった。それでも時間はあったはず。

どうしてもっと本を読まなかったのか。

どうして英語の勉強をちゃんとしなかったのか。

どうしてダイエットをしなかったのか……。

今日、ネットニュースを見ていたら、芸人のゆりやんレトリィバァさんは、コロナ禍の間になんと三十キロ痩せたそうだ。ものすごい話題になっている。私はデブになっていたのに、すごい。こういう人もいるんだと反省。

が、このあいだもお話ししたとおり、もうじき医者による最新のダイエットに挑戦するので期待してほしい。

この頃私は、クローゼットの中にわけ入り、いろいろと点検をしている。デブはデブのままとしても、もうちょっとおしゃれをしなくてはならない。今年買ったワンピを忘れているぐらいだ。昨年の夏ものをもう一度掘り起こそうという作業だ。

そうしたら白いロングのシャツワンピも出てきた。これは一度も着ていない。下に黒いプリーツスカートを合わせたがバランスがヘン。ワンピの裾を大きく結ぶことにした。スタイリストの人なら、どういう風に結ぶだろうかと考えながら、いろいろ試してみる。

そう、おしゃれリハビリ始めてる。そのためにはまずお買物なんだ。

# パークさんの審美眼

「愛の不時着」の話は、今さら、という感じであんまり出来ないですよね。

私の友人は、Netflix加入が出来なくて、若い知り合いに接続を頼んだみたいだ。

それなのに見始めたら得意がって、私のところにLINEがきた。

「とても面白いわよ。あなたはまだ見てないの?」

ムッとした。こう見えてもアンアンに連載している私。流行ものはすごーく早く入ってくるんだから。

「先月にはすべて見終わりました」

と返した私も大人げない。

「愛の不時着」もよかったが、今、私の心を完全につかんだのは「虹プロジェクト」である。

知っている人もいっぱいいると思うが、韓国の大スターで2PMやTWICEとかをつ

くった名プロデューサーでもある、J・Y・パークさんが昨年こう宣言した。

「世界に通用するガールズグループをつくります」

大がかりなオーディションが行われ、全国数ヶ所の会場に、一万人の少女たちが集まった。ここから東京合宿、ソウル合宿をへて、デビューグループが決められるのだ。

日テレの朝の情報番組「スッキリ」で、この特集をやり始め、韓流ファンの娘が熱心に見ていた。私もつられて見ているうちに、すっかりハマってしまったのである。

勝ち進んでいく少女たちは、キラキラした原石という感じでとても可愛い。ひと目で、

「この子は絶対スターになる!」

とわかるほど出来上がっているコもいるし、

「こんなもっさりしているコがなぜ」

という少女が選ばれたりもする。

そしてオーディションに進む少女たちにはドラマがあり、それはまるで小説やコミックのようだ。私は昔、ミス・コンテストをテーマにした小説を書いたが、フィクションじゃないかと思うほど、少女たちの人生がすごい。

たくさんの応募者がつめかける中、シロウトさんとは全く違う三人がいる。JYPエンターテインメント（パークさんの会社ですね）の練習生で、長いコはもう三年、ダンスと歌のレッスンを続けているのだ。このコのダンスのすごさといったらため息が出るぐらい。他の二人も、すべて高レベル。

やがて最終審査のために並んでいる少女たちの席に、一人遅れてやってくる少女がいる。

「〇〇ちゃんよ！」

「ウソーッ」

ざわめきが起こる。彼女は子役でスタートし、ＪＹＰの練習生として四年間レッスンを受けている。かなりの有名人なんだ。

しかしパークさんは厳しい。

「子どもの頃から、カメラに向かっているので、本当のあなたがまるで見えません」

だって。

このパークさんの言葉は、本当に素晴らしくて、ひとつひとつ記録しておきたいぐらい。人の魅力とは何か、人が努力するとはどういうことかを、少女たちに教えていくのだ。

「自分は特別な人間だと思わなくてはいけない。そうでなくてはステージに立つことは出来ません」

なんて言葉。いろんなことに通じるはず！

またダンスのすごくうまいコが、パフォーマンスにのぞむ。うまいんだけど、なんか大学のモダンダンス部みたいだなぁ、と思ったらパークさんは言った。

「あなたは観客、何よりも目の前にいる私との絆を自分で断ち切っているんですよ」

そしていちばん私の心に刺さった言葉は、ややポチャの女の子に言ったひとこと。

「あなたは、二十六年の歌手活動の間、私が何にいちばん心をくだいていたかわかりますか」

「わかりません」

「それは体重管理です」

このコは次の時までにかなり痩せたが、他のコに比べれば大柄に見えるのが残念だった。とにかくパークさんのスターの卵を見つける目はものすごい。可愛いけどややダサ、ダンスも歌もイマイチ、というコも選んで、最終合宿に連れていった。

私は彼女たちのオーディションの時からをちゃんと見たいと思い、Ｈｕｌｕに加入したほどだ。おかげで毎晩深夜までテレビに向かうことになった。

昨日なんて、いよいよデビューメンバー決定ということで、真夜中の一時過ぎから見続けた。

六ヶ月ソウルで頑張った十三人の少女のうち、デビュー出来るのは九人。気になっていたコは落とされ、私は泣いてしまいました。

今朝、日テレの「スッキリ」を見て、私はまたびっくり。九人はすっかりガールズグループの外見になっていたからだ。ふーむ。しかし私の大好きな大人びた美少女に、ラメメイクやレインボーカラーは似合わないような。

「日本で女優になりなさい」

私はパークさんの口調を真似て、画面の彼女に向かって言った。

# 貢ぐのは、自分！

よくこのページで書いていることであるが、私ぐらい自分にお金を遣っている人がいるであろうか。

特に顔にかけるお金がすごい。マッサージやマシーンでのリフトアップに毎週行っていて、その金額たるや……。などと書くと、

「それであの程度の顔か」

とネットに書かれそうなので詳しくは言えないが、なんでこうなるのか。

それはひとえに私の気の弱さによる。

「ハヤシさん、毎週ちゃんと来なきゃダメですよ。それで次の予定を決めましょう」

とか言われると、黙ってスケジュール帳を開く私。

この顔のお手入れに加えて、ジムでも週に一度のパーソナルトレーニングがある。

そう、私は一度やり始めたことを途中でストップするのが出来ないのだ。これはもちろん他人がやってくれることに限る。自分一人でやるダイエットとかは、すぐにやめますけどね……。

Hello! I'm Mariko
ペーラペラー

そう、言葉は道具！

これは昔々のことであるが、私は原宿のマンションに住んでいた。当時の原宿はまだのんびりしていて、個人の住宅も多かった。私のマンションの前は、庭の広い立派なおうちだったが、ある日突然ビルが出来た。ミネラルウォーターの会社がつくった、ウォータージム。ぐるぐるまわるプールの中で、エクササイズが出来る。なにしろドアツードアで三十秒！　その頃はぽっちゃりタイプの恋人もいたので、私は頑張りました。

毎日歯を磨くように、そのジムに通ったのである。全くあの時の私をお見せしたかった。モデルになってもいいぐらいの（個人の感想です）プロポーションになったのだ。

しかし私の場合、痩せることに関するいいことは長く続かない。あまり人が来なくて、このジムは倒産してしまったのである。

そして有名なエステ会社が買って、ふつうのジムになった。しばらくビジターでやっていたのであるが、

「今すぐ会員になってくれればお安くします」

とか何とか言われた。

しかし入会金は振り込みではなく、直接持ってきてくれというのである。いくら真むかいに住んでいるといっても、これはおかしいのではないか。

私はイヤな予感がして、ジムに行くのをやめてしまった。すると一週間後、母体のエステサロンが倒産というニュースが、新聞に載ったのである。

本当についていない私。この倒産を機に、私は再びデブの道を歩むことになるのである

……。

まあ、そんな思い出話にからめた言いわけはこのくらいにして、私は美容以外にも、自分にお金を遣っている。

それは何か!? そう、英語の個人レッスンについているのである。

私の周りの人たちは、たいてい英語がうまい。毎年私は、仲のいい友人二人と近場の海外に買物に行くけれど、彼女たちはほぼネイティブに近い英語だ。

元アンアン編集長のホリキさんが言うには、

「ファッション雑誌をやっていると、外国人のモデルとつき合わなきゃならない。そのために英語は若い時から一生懸命にやった」

ということである。

もう一人、アナウンサーの中井美穂ちゃんは、見事な発音でペーラペラ。

今、アンアン編集部で私の担当をしてくれているシタラちゃんは、高校生の時に一年アメリカに留学している。以前ハワイで会ったら、とても綺麗な英語であった。

「どうして私だけ、こんなに喋れないんだろう」

と嘆いたら、私の先生はこう慰めてくれた。

「マリコさんのようなケースは多いですよ。他の人たちがうま過ぎるので、おじけづいてしまうんですね。だけどちゃんと話しましょう。海外に行く時は、友人にこう言いましょう。今日私はすべて自分でやるから、途中で助け舟出さないでねと」

その先生と、毎週一時間半ぐらい、英語で会話をする。が、単語が出てこなくて本当にもどかしい。このあいだはポケトークを買った。

本当に苦労しているんだ。ところでこのご時世、若い人はみんな英語がふつうに喋れると思っていた。が、テレビの街頭インタビューを見ていると、全くそんなことはない。どうということもない質問にも答えられず、

「This is a pen」

と突然わめく男の子がいたりしてびっくりだ。

そうかといって、インター出身とか、帰国子女のコの、やたら巻き舌の英語もなぁ……と思っていたら、

「口惜しかったらちゃんと喋ってみろ」

という天の声が。

そう、英語レッスンにも、どのくらいのお金と時間をかけただろう。美容と同じ。ムダなことではと思うこともしょっちゅうだ。

しかし諦めない。うんと稼いで自分に貢ぐ。なりたい自分が明確にそこにいるんだもの。これが私の生きる道。

ところでマリコスタンプ、使ってくれてますか？

# 工夫してエライ！

コロナがやっと収まったと思ったら、また大変なことに。

この原稿を書いている時点で、二日続けて二百人を越えている。

「今は夜の人たちを集中的に検査したから、数字が上がっただけ。ほとんどが軽症の若い人たちだから大丈夫」

と言う人がいるが本当だろうか。

私はホストクラブというところに行ったことがないし、これからも行くことはないと思う。ものの本によると、客の周りをホストの人たちがとり囲んで、シャンパン抜くたびにワーッと声を出してくれるという。ちょっと楽しそうであるが、今行くのはなかなか難しいであろう。

今日、ちょっとしたイベントがあった。記者の人たちもくるという。その場所に行ったら、担当の人が、

「ハヤシさん、これつけてください」

と、感染予防のフェイスシールドを渡された。これが初めて見る形。小さな半円型にな

マスクしてても
おしゃれセレブ

っていて、プラスチックの取っ手みたいなものが真中についている。

「はて、これはどうやってつけるのであろうか」

私はマスクをはずし、皆の前でこれをつけようとしたのであるが、こういう場合、百パーセント恥をかくことを長い経験で知っている。正しいことが出来たことがない。人が笑うようなことを必ずしでかす。

「ちょっとトイレ行ってつけてきます」

それを持ってひとり出かけた。

鏡の前でプラスチック部分を鼻にあて、ゴムを耳にかける。すごくヘン。だいいち呼吸が出来ない。

私はあきらめて、控え室に戻った。幸いなことに、人はあらかた消えている。

「どうやってつけるんですか。教えてください」

素直に言ったところ、お茶を出してくれた若い女性が教えてくれた。

「たぶん、プラスチック部分が唇の下にいくと思うんですが」

逆さにつけていたのである。鼻型と思ったのは、シールドを顎で支えるためにあったんだ。

ちゃんとつけるとなかなかカッコいい。まるでニュースキャスターになったような感じ。

コロナが日常になってくると、みんないろいろ工夫して、それを見るのは面白いものだ。

もうマスクに凝るのはあたり前。レースや花模様のものが流行ったかと思うと、このあいだはラメ入りのキラキラしたものが届いた。そうかと思うと、着物雑誌の編集長さんからいただいたのは、鹿の子しぼりの、それはそれは贅沢なもの。

先日うちにやってきた、ファッション誌の編集者にはギョッとしたなぁ。鼻から下、首までをまるでイスラムの女性のように黒い布で覆っているのだ。

「ハヤシさん、陽灼け防止にもすごくいいですよー」

「ふーん」

「それにものを食べる時は、見てください」

口元が四角くまくれる。

「はずさなくても食べられるんですよ」

私は昔、クウェートに旅行した時のことを思い出した。ご存知のように、女性は全身黒い衣装で体を隠している。目が出ているだけだ。レストランに行った時、どうやって食事するのかと見ていたら、口のところの布をまくってパクッと中に入れる。

「それも同じだよ。イスラムの女性と」

「これを何とか流行らせようと思っているんですよ」

なんでも雑誌の通販で売るそうであるが、イスラムと違い、日本の場合は体の露出が大きい。ちょっとバランスがとれないような気がするけど。

今日、イベントの前に銀座のマガジンハウスに寄ったら、みなさんスッキリ白のマスク。ここではやはり、大流行のユニクロのエアリズムマスクをつけた人が多い。

「ハヤシさんもユニクロですね」

「人にもらったんだけどさ。なんだか息苦しくて。よく見たら裏返しにつけてたの」

皆が笑う。

私の担当のシタラちゃんは、すっきりと髪をまとめ、ややきつめに眉を描いている。そして大きめのイヤリング。ちゃんとマスクをつけた時の顔を計算しているのだ。さすがおしゃれセレブ。

マスクがあるからと、化粧をサボる私とはまるで違う。こういう時こそ、女性の持っているセンスとか心ばえ、おしゃれ度が問われますね。

「マリコさん、これを見て」

若い友人がバッグから取り出したのは、エルメスのマスク入れ。

「こんなの売ってるんだ!?」

「違いますよ。エルメスでもらう靴の袋の、上の方だけ切り取って自分で縫ったの。それから中に入れてるこれは……」

クリアファイルを四角く切っただけなんだと。私はすっかり感心してしまった。

コロナの時だって、キレイな人はキレイ。おしゃれな人はおしゃれ。痩せた人だっている。すごいですと、すっかり他人ごとの私。

# モテキが来ます



「昨年のことですよ」

私と仲のいい編集者のA子さんが言った。

「水晶玉子さんとゲッターズ飯田さんとで対談をしていただいたんです。その時、来年二〇二〇年はいったいどういう年になりますかね、と聞いたら、お二人とも、世の中がガラッと変わるような大変なことが起こるんだ、とおっしゃったんですよ」

「へぇー、あたるんだね」

そして私の、若い担当編集者のB子さんが言った。

「ハヤシさん、昨年仕事でゲッターズさんにお会いしたんです。その時、あなたは来年結婚するよ、って言われたんですけど、私、信じられなかった。だって彼氏は影もカタチも見えない。そんな私が、どうして結婚出来るの、って」

だけど、と彼女は続ける。

「今年になったとたん、彼が現れたんですよー。もう理想に近い私のタイプ」

二人はすぐにラブラブとなり、今結婚を前提におつき合いしている。このあいだ、彼が

B子さんの両親にも挨拶を済ませたそうだ。

「ふーん、ゲッターズさんってあたるんだね、やっぱり。私も会ってみたいなー」

と思ったものの、あちらはものすごく忙しそう。しょっちゅうテレビに出てくる。会うのはむずかしいのではなかろうか。ま、そのうちに機会があるかもねー、と思っていたら、なんということであろうか。

いつものように、パーソナルトレーニングをしている最中、トレーナーのC子さんが何気なく言った。

「ハヤシさん、ゲッターズさんと飲みに行きませんか？」

「え、あなた知ってるの⁉」

「えぇ、ゲッターズさんも、やらせていただいてるので」

C子さんはお酒が大好きな四十代独身。私とすっかり気が合い、二人でスポーツパブでのワールドカップ観戦会に行ったり、飲みに行ったりしている。

彼女のお客さんにはすごいＶＩＰがいっぱいいるんだが、多くは秘密にしている。しかしゲッターズさんのことをポロッと口にしたのは、とても仲がいいからみたいだ。

「私、会いたい！　絶対に会いたい！」

身もだえする。

「私のこの世のいちばんの好物は占いなのよ。昔、細木数子さんにも宜保愛子さんにも見てもらったぐらいなんだから」

「それじゃ、さっそくLINEをしときますよ」

ちょっと心配なことを聞いてみた。

「あの、鑑定料はどのくらいなのかしら。あの方ぐらいになると、さぞかしお高いでしょうね」

「やだー、ゲッターズさんは、絶対にお金なんか取りませんよ。占いは統計学だから、いろんな人の運勢を見たいんですって。二人で居酒屋で飲んでて、女の子たちが、わー、ゲッターズさんだー、って寄ってきてもふつうにその場で見てあげてますよ」

本当にいい人なんだね。

さて、ゲッターズさんからOKの返事をいただいたものの、一ヶ月近くがたった。テレビやイベントが再開して、ものすごく忙しくなったみたい。そんなある日、

「ハヤシさん、◯日の夜の九時からなら時間があるって」

わ、嬉しい。いよいよ本人におめにかかれるんだ。

その夜、広尾のワインレストランで、C子さんと二人で待っていたら、ゲッターズさんがやっていらした。いつものような覆面はしていない。しかし帽子ですぐにわかった。素敵なさわやかなイケメン。

さっそく私を占ってくださった。それによると、私は決して運がいい方ではないとおっしゃる。

「ほとんどのことは、努力でやってきた人です」

そうかぁ。でもちょっとがっかりかも。「強運な女」ということで売ってきた私。『強運な女になる』という本もそこそこのベストセラーになったぐらいだし。

「だけどハヤシさん、今年の十月から人生の絶頂期を迎えます」

えー。私、おととし、昨年といろんないいことがあり、人生最高の時期と思っていたのであるが、もっといいことがあるんだって！

「ハヤシさん、来年はモテモテの年になります。すごいですよ」

嬉しいことは嬉しいけど、こんなオバさんに誰かが現れたりしても困るワ。

「ダイエットして、シェイプしとかなきゃ。お見せする時があったりしても、今のままでは……」

ひとりでモゴモゴつぶやく私である。

C子さんは会うたびに見てもらっているらしいが、久しぶりに会ったら、

「いよいよ今年、運命の人が現れます」

と言われて大喜び。

「それからC子さんは、ハヤシさんの十倍ぐらい強運の持ち主ですよ」

「私もそう思います。ナンの取り柄もない、スポーツだけが得意の私が、こうして広尾で、ゲッターズさんやハヤシさんと飲んでいるんですから」

あくまでも謙虚なC子さんであった。

# 時代に残るのは？

　多くの読者の方から（そうでもないか）、質問が寄せられた。

「アナタさ、最新の痩せる方法やるとか、二ヶ月くらい前に書いてたけど、あれ、どうなったワケ」

　そう、私の友人が勝手に医師に頼んでくれたアレだ。

　なんだか行くのがイヤで、いじいじと日にちを遅らせてしまった。なぜなら会食の予定が幾つか入っていたからである。中には私がご招待した、予約半年待ちのお店もあった。コロナ禍が始まる前に席を取り、そして六ヶ月。お店もふつうどおり営業しているということで、とても楽しみにしていたのだ。

　そのお店は、おいしいこともおいしいが、出てくる量がハンパない。大食いじゃないと楽しめないお店なのだ。

「ハヤシさん、ひととおり会食終わってからにしたらどうですか」

　と秘書も言い、クリニックに行くのをずっと先延ばしにしていたのだ。

　さて病院に行ってみると、そこは有名な肥満専門のクリニックであった。糖尿病の患者

さんが通う有名なところらしい。

私は血糖値は高くないのであるが、高コレステロールを指摘された。それともちろん体重もね。コロナ自粛で、行くところまで行ってしまった。人生最高値！　私の友人たちも、

「この数値を記録しちゃった」

とかいって体重をＬＩＮＥで送ってくるけど、人に言えるような数字なら、どうってことないでしょ。

私のウエストとお腹まわりを測ってくれた看護師さんは沈黙していたっけ……。

そして早い話が、私はアメリカで開発された医薬品を使うことになった。このあたりはデリケートな問題なので、あまり読者の皆さんにはお勧め出来ないかも。こういうのを嫌いな人もいるから。

が、私の場合、お医者さんの指導の下、食欲がゆるやかに抑えられたのは確か。以前、食欲抑制剤を飲んだ時は、ちょっとウツっぽくなったけれども今回は違う。頭の中がちゃんと整理された、という感じであろうか。

ご飯も食べるには食べる。昨日も新宿へ行き、大好きな中村屋のカリーライスを食べた。こういう時、

「ご飯は半分にしてくださいね」

とお願いし、これをまた半分だけ食べる。残りはルーごと友人に。

イタリアンでは、

「パスタは三口ぐらいにしてください」

と言い、パンは食べない。

このあいだ二週間ぶりにクリニックに行ったら二キロ痩せていた。

たとえデブはデブでも、上昇中なのと下降気味とではまるで違う。

新しい朝が来た
希望の朝だ
なぜか「ラジオ体操の歌」のフレーズを口ずさんでいる私である。

今はもっと減っている。おかげでスカートも入るようになった。クローゼットからはみ出しそうなたくさんのお洋服たちが、

「私を着て。私を忘れないで」

と叫んでいるではないか。痩せさえすればすべて解決するはず。

先週、本当に久しぶりに女友だちとランチをした。ものすごくおしゃれな人たちなので、とても緊張した。何を着ていこうかと迷って、今年買ったカーキ色のジャケットに、プリントのスカートにした。

「カーキは流行色だからいいんじゃない」

と友人は誉めてくれた。

「でもネックレスはいらないんじゃない。シンプルにまとめた方がいいよ」

ということでさっそくはずした。彼女はパープルと茶色の間のような、とても素敵な色

合いのノースリーブを着ていた。

「これ、大昔のエルメス」

彼女によると、コロナ自粛中にクローゼットの大断捨離をはじめた。そして何が時代に残るか、はっきりとわかったというのだ。

「エルメスとコムデギャルソンは残した。これだけは残る」

エルメスはシンプルだけれど素材が素晴らしい。そしてギャルソンは、

「五、六年寝かせると、またすごく新しくなる」

と言うのである。

瑛人の「香水」を初めて聞いた時は衝撃だった。私の知っている今までの音楽や歌手とはまるで違っていたから。歌っている男の子が、鼻ピアスしているようなコなら、まだ納得出来た。だけどそこにいるのは、駅前のスタバで働いてそうなふつうのおニイちゃん。実際、ハンバーガー屋の店員の彼は、楽器が何もひけずに、友人のギターに合わせて歌い、曲をつくるんだと。が、なんていい歌！

コロナ禍で、ファッションの世界でも「香水」級のことが起ころうとしている。私なんかだとまだ説明出来ないんだが、いちばんは、私たち、そんなに洋服が必要だったのか？という根本的な問いである。

# マダムという人生

コロナの感染者はどんどん増えているが、昨夜食事会を決行することにした。

人数は四人にして広い部屋をとった。仲よしの女四人で、シャンパン、ワインを次々と飲み、喋ること喋ること。

みんなはやはり外出を控えているので、

「こんなに食べて喋ったの久しぶり」

と大満足。

そこでも話題になったのは、私が痩せたことと、肌がピッカピカということであった。それほど体重が減っているわけではない。ただ〝大デブ〟から脱出しつつあるということだ。

しかし肌には自信がある。だってすごくお金と時間をかけているんだもの。自粛の間にも、小顔スペシャルマッサージと、スペシャルマシーンは続けていた。その成果が最近出てきて、顔が確かにほっそりしてきたかも（当社比）。

大デブから脱出しておしゃれも楽しい。その日私が着ていたのは、袖がレースになっているPRADAのTシャツと、ZARAの黒いパンツ。Tシャツも誉められちゃった。

本当に女友だちの会（女子会とは言えない年齢です）は楽しい。ズームで飲み会したこともあるけれど、やはり実際会って、痩せただの、その服、素敵、とか言い合わないとね。だけど終わりの時間が近くなり、私たちはちょっとセンチメンタルな気持ちに。なぜならこのレストランは、明日をもって閉店するのだ。

都心の高層ビルの最上階にあるその店は、ものすごく広く贅沢なつくりになっている。個室も多く、バーもある。だけどお客さんがいつも少ない。

近くの官公庁や企業の接待用につくったのであるが、時代が変わり、こういう高級なところはお役所が使わなくなったそうだ。企業も同じ。

「だけどうちの会社のランドマークみたいなものだから」

とA子さんは言ったものだ。毎月ものすごーい赤字だったが、今回のコロナ禍がとどめをさした。七月をもって閉店すると聞いたのは最近のこと。

それでA子さんを囲んで、仲よしでご飯を食べることにしたのだ。

A子さんは元大手出版社の編集者であったが、仕事をきっかけにさるレストランの社長と結婚した。日本のみならず、海外にも店舗を持っている大手。デパ地下や新幹線の駅でもそこの商品は売られていて、当然お金持ち。

A子さんはマダムとして君臨していた。いつもは会長夫人だからうちにいるが、大切なお客がくると挨拶するためにお店に出る。ファッショナブルなお洋服を着て、髪もばっちり。これからもそれは変わらないだろうけど、この大きく華やかなお店がなくなるのは、私たちお客もさみしい。そんなにしょっちゅう行っていたわけではないけど、いつも夜景が見える個室をとってもらっていたっけ。

A子さんも感慨無量のおももちだった。

最後にみんなで、お店の前で記念写真を撮った。

「今度は銀座店の方に来てね」

そう、他にもお店は幾つかある。

A子さんはこれからもマダム、という人生を歩むのだ。

マダム。いい響きですね。

マダムが注目されたのは、一九九〇年ぐらいであろうか。

フレンチのスターシェフたちが次々と現れ、その奥さんたちも脚光を浴びることとなった。

シェフたちは、料理はうまくても接待は得意ではない。そこで奥さんたちの登場だ。美しいうえに高学歴。二、三ヶ国語ぐらい喋る。どんな大物にもものおじしない。

その頃、フランスを旅行して三ツ星のオーベルジュに泊まった時のこと。素敵なマダムが迎えてくれた。食のジャーナリストで本も出しているとか。すらっとした知的な人であった。夕ご飯もすごかったけど、朝ご飯の素晴らしさも忘れられない。焼きたてのパンがどっさり。自家製のジャムが何種類か。農園の果物のジュース、ふわっとしたオムレツ、ヨーグルト……。

しかしその旅行から一年後、衝撃的なニュースが流れた。そのオーベルジュのオーナーシェフが自殺したのである。低評価を受けたことに悩んだ末のことだったという。

そのくらい天才肌のシェフというのは繊細なんだろう。あのマダムはどうなったのか。小さいお子さんもいたのにと、気になって仕方ない。

暗い話になってしまった。

今日は別のマダムから電話がかかってきた。私が送った故郷の桃のお礼である。

このマダムは、レストランのマダムではない。高級クラブのオーナーママ。尊称としてのマダムだ。「夜の商工会議所」と呼ばれるお店を何十年も経営している。

「コロナで大変だけど、いつかは元に戻るし」

ということで、自分の持っているホテルのプールで毎日泳いで、体力つけてるんだと。

マダムという職業。カッコいいですよね。

# マリコ書房
# よろしくね

# マリコ、YouTuberデビュー

神さまというのは、時々思いもよらぬ出会いをもたらせてくれる。

今から半年前のこと、友だちからお誘いが。人気のお鮨屋のカウンターを、貸し切りにしたというのだ。

「ハヤシさんと僕の他には、ＩＴ関係に勤める若い連中が来ますよ」

ちょっと気が重たかった。なにしろパソコン・スマホ音痴の私。ＩＴの若い人たちと気も合うはずないし……。

が、意外なことに私を知っているコもいて、

「一緒に写真撮ってください」

と頼まれたりした。結構話も盛り上がり、それはそれは楽しかった。私の隣に座っていたのは、三十歳前後のとても可愛いA子さん。ＬＩＮＥを交換した。

ところでそのお鮨屋は、予想以上においしく、値段も実にリーズナブル。銀座や西麻布みたいなことにはならない。場所は世田谷のはずれ。〝町鮨〟でこんなにレベルが高いなんて。また来よーっと。

「予約はどのくらい前にしたらいいですか」

念のために聞いたところ、

「うちは年に二回、ホームページから予約してもらいます」

だって。びっくりした。だったら私には無理。こんなふつうのお鮨屋さんが、ネットじゃなきゃダメだ、なんて。

「だったらいつでも私を呼んでください。私、ネット関係、ものすごく得意なんです」

とA子さんは言ったものの、そんなに気安く人にものを頼めないし……。

そしてそれきりになって一週間後、A子さんからLINEが。

「私は本のプロモーションを、ネットでする仕事をやっています。お金はいりませんので、ハヤシさんの本を一冊やらせてくれませんか。うちのボスがハヤシさんの大ファンで、無料でいいので、ぜひやらせてほしいと」

もちろん無料というわけにもいかないが、一冊お願いすることにした。

その頃、一冊出したもののコロナの影響で苦戦している本があったのだ。

A子さんはボスと一緒に、それはよくやってくれた。ネットによるいろんなパブリシティに私を出してくれたりした。

そのうち私の「ネット救急士」のような役割を。

何度も言うように、私はネット関係にとても弱い。ズーム会議やズーム飲み会に誘われるたび、夫に頭を下げて頼んだが、ものすごくネチネチ言われる。

「自分でちゃんとやろうとか、学ぼうとかすこしも努力しない。すぐ人に聞こうとするその態度が許せないんだ」

しかしA子さんだと、軽やかにパソコンを操作してくれて、

「はい、出来ました！」

とすべてやってくれるのだ。

恥ずかしい話であるが、私はほとんど使ってないタブレットをふたつ持っていた。そのひとつが、毎月ものすごく高い料金を取られているのを知らなかった。

「これはすぐに解約しましょう」

と彼女。

「解約しても、うちの中での機能は変わりませんから」

そう言って、一緒に原宿のソフトバンクに行ってくれたのである。せめてものお礼に、お昼にうかい亭のステーキをご馳走した。

そして食べながら、彼女のことをいろいろ聞いたのである。

A子さんは北海道の生まれで、東京の名門女子大を出た後、札幌に戻った。親ごさんのたっての願いで、地元に就職したそうだ。準キー局の放送局でアナウンサーをしていたという。しかし人気が出始めたのにたった二年半でやめてしまう。なぜかというと、東京のテレビ局の人と大恋愛をして結婚したからだ。

きっかけは、ほら、よく、地方の女子アナがいっせいに集まるバラエティ番組。その担

当をしていたのが、今のご主人だというからびっくりだ。

「だけどせっかくアナウンサーになったのにもったいない」

「当時は、こんなに私のことを愛してくれる人は二度と現れないと思ったんです」

そして結婚して、あっという間にお子さんが生まれた。小柄で若く見えたけど、二人のお子さんのママだったんだ。年齢も想像よりいってた。

それからますます仲よくなり、私は彼女にこんな提案を。

「ユーチューブを始めようと思って、前から考えてたんだけど、私がみんなにぜひ読んでもらいたいと思う本を紹介するの。地味で数は増えないかもしれないけど、本好きの人が見てくれるようなもの」

「いいですね。ついでに二部制にして、ハヤシさんの本も紹介しましょう」

名づけて「マリコ書房」。その収録が今日私のうちで行われた。司会はA子さん。最後に、

「チャンネル登録よろしくお願いしまーす」

と手を振るのは恥ずかしかったけど。

# 当社比じゃイヤ！

遊び人の男友だちとメールで喋っていた。

「マスクをしていると、つい相手と密着したくなるよねー」

コロナ禍でも、いっぱいそういうつき合いしているそうだ。ふーん。

「私なんかマスクしているのをいいことに、この頃全然メイクしてないけど」

と送ったら、

「人間、そういうことになっちゃおしまいでしょう」

と説教された。はい、反省します。

一応陽灼けどめを塗り、眉を描いたらこれでオッケー。青山や銀座にだって出かける。

心配なのはデパートの化粧品売場に、まるで人がいないことだ。綺麗な販売員さんに、おしゃれなお客さんが熱心に相談している光景は、ここんとこまるで見ていない。本当に心配だ……。といっても、私も口紅を一本買ったぐらい。

そこへいくと、エステや基礎化粧品の業界はうるおっているらしい。

コロナ禍、私は他に行くところがなかったので、結構熱心にエステに通っていた。田中

みな実ちゃんか、ハヤシマリコか、というぐらいお金と時間を注ぎ込んだ。

どうしてこんなことになったかというと、美の追求というよりも、気が弱いせいがあるかも。

「ハヤシさん、ほら、このほうれい線消えかかってるじゃないの！　来週はもっとよくなりますよ。はい、スケジュール出して」

と言われると断りきれない。ここでやめたら、顔がどんどんフケてくかも、という強迫感。気がつくと、週に一回、マッサージに通い、二週間に一回、リフトアップのマシーンをやっていた。

何度も言うけど、私の顔ごときに、こんなにお金を遣っていいものだろうかと本当に考える日々……。

そんな時、

「マリコさん、たまには遊びに来て。新しくなったうちのサロンを見にきて」

知り合いの、美容関連の女性社長からメールが来た。この方にはとてもお世話になっている。私の友人何人かを、無料でお手入れしてくれているのだ。

その彼女の会社が今度引越した。しかも銀座。聞いたところによると、こんな大変な世の中でも業績はちっとも落ちていないそうだ。すごい。

彼女は会社の一角に特別な部屋をつくり、そこで最新のマシーンを使ってお手入れしてくれる。彼女は海外からマシーンや化粧品を輸入しているので、実験的な意味もあるのだ。

だからお金は受け取らない。

私は最近の悩みをうち明けた。

「目の下に薄く青い線が出てきたの。まるで注射をいっぱいしている人みたい。私はヒアルロン酸もボトックスもしてないんだけど」

一時間、パックやマシーンをしてくれた後、彼女は言った。

「マリコさん、少し顔をいじり過ぎ！」

皮膚がすごく薄くなっているとか。ドキッ。

「少し控えた方がいいわよ」

二週に一回のマシーンは、実は彼女からの紹介。ここは続けるとして、あとはどうしようかしら……。

「二週間に一度、必ずここに来て。そうしたら私がいいようにしてあげるから」

ありがとうございます。

しかし二週に一度ここに来るとしたら、また忙しくなるかも。

実は私が通っているのはそれだけではない。週に二回、ジムのパーソナルトレーニングに通っている。そして二週に一回、肥満専門のクリニックにも行き出した。おかげで順調に痩せつつある。最近どこに行っても、

「どうしたの!?　スリムになって」

という声があがる。

その女社長も何度も言った。

「マリコさん、痩せ過ぎよ。絶対に」

私はあまりの嬉しさに、その言葉がリフレインした。そしてその足で銀座のショップに向かった。もうそろそろ秋だというのに、夏のバーゲンをやっているではないか。

六十パーセントオフの靴を買い、ついでにお洋服にも挑戦。もちろんあの、

「マリコさん、痩せ過ぎよ」

という言葉が、頭の中で鳴り響いていたから。しかし入るサイズなんかなかった……。

そう、「痩せ過ぎ」というのは、当社比だったのね。

うちに帰ってテレビを見ていたら、「最近ぽっちゃり女子がモテる」という特集をしていて、デブのタレントさんたちがいっぱい出てきた。しかしみなさんぽっちゃり、というよりかなりのデブであった。

私は先週見た「新婚さんいらっしゃい！」を思い出した。ものすごく太った奥さんが出てきて、夫が大好きというダンスを始めた。

お肉がぶるぶる揺れて、私は正視出来なかった。しかし傍の夫はもううっとりとして手拍子をうってる。すべてを理解した。

「そうか、デブ専なんだ！」

デブ専の男の人にモテて嬉しいですか。私はイヤです。美しくスリム（当社比）になった私に、寄ってくるのはやぶさかではないけど。その前に化粧をちゃんとしよう！

# みんな使ってる！

いろんなことに挑戦するワタシ。

先々週お話ししたとおり、ついにユーチューバーになった！

といっても、本の紹介をする地味なものですけれどもね。私のお勧めする本と、私の書いた本とを紹介する「マリコ書房」。

どうかチャンネル登録よろしくお願いします。

それからもうひとつ宣伝をすると、九月十一日（二〇二〇年）から、山梨県立文学館で「まるごと林真理子展」を開催しています。生きている作家では初めてということで、秘蔵の写真もいっぱいお見せします。葡萄狩り、温泉めぐりがてら、ぜひ山梨県立文学館に来てくださいね。館内はコロナ対策もバッチリしてます。中のカフェでは、私のイラストを描いたクッキー、そしてフォトブースでは、イブニング姿の私と一緒に撮れます。物販もいっぱい。

なんていおーかしら、写真集もある作家って私ぐらいだし、フォトブースをつくれるのも私ぐらいよね。フフフ……。

ところでうちのテレビがすっかり古くなり、画面がはっきりしなくなった。そのため「エイヤッ！」と、4K大画面のテレビに買い替えたのは先月のこと。

大画面を見た人は誰でも思うはず。

「絶対にテレビに出たくない！」

なにしろ毛穴のひとつひとつ、シワまではっきり映る。

大画面のアップでオッケーなのは、朝ドラの主演女優さんぐらい。

そんなある日、WOWOWから、ゲスト出演依頼が来た。ホステス役の二人が、大好きな女性歌手と女性タレントさんだったので、すぐにオッケーしてしまった。リモート出演というのも興味をそそる。大画面のことはすっかり忘れていた。

「放送は十一月だそうですが、別に秋ものを着なくてもいいそうです」

ということであるが、やっぱり素敵な先取りをしなきゃね。そんなわけでPRADAに行きニットを買った。胸に大きな花の刺繍がすごく可愛い。

しかし困ったことが。このニットはかぶるデザインなので、ヘアメイクをしたらずーっと脱げないのである。

ふつう撮影がある時は、着替えのお洋服を持ち、前開きの気軽な服を着ていく。そしてメイクが終わったら着るというシステム。

しかし私の場合、スタイリストさんもおらず、ヘアメイクさんも、

「ずっとついていられないから、朝だけでいい？」

ということになる。というわけで、私のうちでニットを着て、ヘアメイクをしてもらう。ものすごく暑い日だったのに、ニットは着たまんま。タクシーに乗り、住宅地の中のスタジオに向かった。本当に暑かった。

リモートということで、それぞれの部屋に向かう。

そしてびっくりした。ものすごく大きなミラーを手渡されたのである。大きい、なんてもんじゃない。畳の四分の一ぐらいあった。そしてこのミラーから反射光がキラキラ。私のシワもタルミもすべて飛んで、ものすごくキレイに映っているではないか。

「女優ミラー、すごいですねー！」

もう別人みたい。カメラに向かってにっこりする私。

やがて番組が進み、休憩になった時、スタッフの一人が遠慮がちに言った。

「ハヤシさん、質問のボードを持つ時に気をつけてください。あんまり上に持つと、女優ミラーの光が遮られてしまいます」

ためしに上に持ってみたら、びっくりした。まるで魔法がとけたみたい。光がなくなって、私の顔の下の方は、タルミがバッチリ見えているではないか。

そうかァ、光はこんなに重要だったのか……。

話は変わるようであるが、今日、私の前のアンアン担当編集者、K氏に会ったらびっくりするような話を聞いた。なんとマッチングアプリに入っているそうだ。

彼はフジテレビのアナウンサー採用試験の、最終にも残ったぐらいのイケメン。しかも二十代。マガハ勤務。

「あなたみたいな人が、どうしてマッチングアプリに入るの？」

と聞いたら、

「えー、周りの人もみんなやってますよ。僕だけじゃありません」

コロナで出会いもないし、広く新しい出会いを求めているそうだ。

しかしここで問題が。

「気に入った女性二人と会いましたが、写真とあまりにも違っていてがっかりしました」

彼が言うには、アプリで見た時はすごくタイプだと思った。顔もすごくキレイだったそうだ。

「なのに、会ってみると別人みたいでした。僕が思うに、かなり光を飛ばして撮ったんじゃないでしょうか。まぁ、僕もいろんなことを言える立場じゃありませんが」

と彼は編集者らしく、専門的なことを言う。そうか、世の中にはいっぱい女優ミラーがあって、ふつうの人も使っているんですね。

K氏はまだマッチングアプリを脱会していないそうだ。もしかすると会えるかもしれません！

# 姉妹からの教訓

先日、阿佐ヶ谷姉妹と対談させていただいた。そのことを女友だちに自慢したら、

「わー、素敵ねー」

「一度会ってみたい」

と想像以上の反響が。三十代から五十代までみんな姉妹を大好きなのである。

どうしてこんなに人気があるんだろうと考えていたら、雑誌にこんな一文を見つけた。

「彼女たちが、結婚しなければならないという呪縛を解きはなった」

というのである。

なるほどなあ。別に結婚しなくても、住んでいるところは六畳一間でも、仕事と友情があれば、のほほーんと楽しく暮らしていける。姉妹はそれを教えてくれるのだ。

ご存知のとおり、若い時から私はひといち倍、結婚願望の強い女であった。ちょっとでもつき合い始めると、

「ちょっと、結婚してくれるんでしょうねッ」

とまぁ、口に出さないまでも強い光線を出し、相手にかなり引かれていた。相手がちょっとしたファッションリングをプレゼントしてくれようものなら、

「これはエンゲージリングなの？　えっ、違うの？」

と、じわじわせめていく。

もしあの時私が、

「三十代は、自由に恋をするって決めてるの」

とでも言えば、もっとモテていたかも。フラれることもなかった。本当に口惜しい。

そんな私だから、同じ世代で結婚しない友だちが理解出来なかった。友人の一人は、恋人からプロポーズされた時、ものすごく嬉しかったが、

「やっぱり仕事を優先したい」

と断ったという。今と違って、二者択一をしなければならない空気があったのだ。

「もったいないことをしたねー」

私が言うと、

「本当にエリートだったから、もったいないことをしたワ」

と彼女は言ったが、私に合わせてくれただけかもしれない。彼女は今も独身である。が、自分のマンションを持ち、仕事も続け、とても楽しそう。同じような女友だちも多く、コロナ前はよく旅行に出かけていた。

「いろんな生き方があっていい」

というのは、無責任でインチキっぽいとずっと思っていた私。

結婚して子どもを産む、という一応のガイドラインがなければ、人は迷ってしまうに違いない。「いろんな生き方」をしているうちに、年とって一人ぼっちのみじめなバアさんになるぞ……、と考えていたのであるが、そんなことはなかった。

お金と健康、そして友情を持っていれば、充分に素敵な人生をおくれることを友人たちが証明している。

阿佐ヶ谷姉妹などその典型であろう。

が、「いろんな生き方」の中には、

「結婚して子どもを産んで、あったかい家庭をつくりたい」

という人も当然出てくる。

今、こういう保守的な女性は受難の時代である。私のようなおせっかい仲人おばさんは、世の中から絶滅してしまった。マッチングアプリ、というテもあるが、先週、

「女性が写真とすごく違う」

と男性が嘆いていたのと同じように、

「男性が写真とすごく違う」

というデメリットも。が、しつこくやればいつか好きなタイプにめぐり合えるかもしれない。

ここからは私の個人的な意見であるが、「いろんな生き方」の中には、一応いろんなこ

とを試してみる、という人生もある。それもいいかも。

つまり一回は結婚してみて、それでダメだったら離婚するやり方がある。子どもは最後まで責任を取らなければならないが、夫婦は間違っていたらさっさと別れればいい。それでいろいろ言われる世の中ではないし。

蓮舫さんの離婚なんて、周りの女性たちは、「それアリ」と口々に言っていた。子どもが内定をもらったら、それで夫婦の役割は終えたという考え方は新しいかも。

ここでくれぐれも声を大にして言いたいのは、貧困にあえぐシングルマザーだけにはならないで、ということだ。どうか女性が、しっかりとした経済的基盤を身につけてほしい。女性がしっかり稼いでいれば、好きな男といつでも結婚出来、いつでも別れられる、という自由を手に入れられるのだ。

昨日テレビを見ていたら、タレントの紗栄子さんが出ていた。相変わらずキレイ。新しい会社を立ち上げたんだそうだ。好きなタレントさんであるが、昨日の番組ではやたら被害者ぶってたのにはがっかりした。

「世の中から、どうしてこんなにすごいバッシングを浴びるのかわからない」

と何度も繰り返していたが、早い話、インスタグラムをして、自分の情報をたれ流していることに気づかないんだろうか。

ともあれパワフルで前向きのところはいいなぁ。そういえば、「紗栄子という生き方」という特集が組まれていたっけ。女性もこう言われたら一流です。

# いざ、三年ぶりの別荘へ

新型コロナの施策がバラバラで、しかもしょっちゅう変わっているので、よくわからなくなってきた。

そのうえ、自粛警察とか出てきて取り締まるので、びくついてしまう人も多い。

私みたいに外に出てナンボ、人に会ってナンボの物書きなど、本当に困ってしまう。

えーと、Go To トラベルキャンペーンっていうのは、東京都民も入れてもらえたのよね？

「県またぎ」しないでほしい、とか言われてるけど、神奈川の人が東京に出勤するのはどうなるんだ。

私なんか、この頃少人数でご飯を食べまくっているし、再開し始めた劇場にも行っている。マスクはちゃんとつけているし、アルコール消毒もし、換気のいいお店を選んでる。やるだけのことをちゃんとやって、経済を回していかなければ、この国はまずいことになっていく。それより何より、ちゃんと楽しいことをしようよ、という気持ちが強い。

アウトレットで、
PRADAのバッグ
買っちゃった。

そんなわけで、秋のはじめにしばらく軽井沢へ。

えーと、軽井沢って行っちゃいけなかったんだっけ？　だけど友だちもみんな行ってるし、週末は軽井沢の別荘ですごして、そのことをエッセイに書いている女性作家もいますよ。

ということで新幹線に乗って軽井沢へ。着いたところは、旧軽にある私の別荘。というと聞こえがいいのであるが、友だちから譲ってもらった古い平屋の建物である。

お湯も出にくいし、秋も深くなるととても寒い。テラスは穴ボコだらけで、友だちとバーベキューをしていたら、椅子の脚が入って私がそのままひっくり返ったことがある。家族はボロいからイヤだと同行してくれない。

そんなわけで三年間も行ってなかったのであるが、今回久しぶりに出かけたらこの古さがなんともいい感じ。昭和の家の雰囲気は、いたるところに漂っている。

なにしろ全く「居抜き」状態で渡してくれたので、食器やベッドもそのまま。壁に飾ってある絵も、昭和四十年代ノスタルジック。

ほとんどボランティア価格でこの家を守ってくれている人から、このたび、

「ハヤシさん、もっと来てくれなきゃ困りますよ」

とご注意を受けた。

「家は住まなければ、どんどん傷んでいきます。軽井沢にも、もうこんな古い別荘は少なくなりました。どうか大切に使ってください」

はい、そうですね。これからはちゃんと来ます、と約束した。

思い出した。テラスの床も、あの転倒があって、全部替えたんだっけ。今、そこには落ち葉がちらほらと。いい眺めだ。そうだ、バーベキューしなきゃ。

後から来た友人の中に、若い男性がいたのでさっそく「ツルヤ」に買い物に行ってきてもらった。そして四人で、ワインを飲みながら、お肉や野菜を焼いていく。

地のズッキーニや茄子は本当においしく、シャトーブリアンの品質はさすが、という感じ。軽井沢ならではの品揃えなのだ。

焼いて残ったものを持って帰り、二日後チャーハンにしたが、かなりの美味であった。

軽井沢は最近、おいしいお店が次々と出来て、しかも一年中開いていることが多い。

「どこか教えて」

と別荘を持っている友人にLINEしたら、

「三月に南軽井沢にものすごくおいしい焼き鳥屋さんが出来たよ」

と言うのでさっそく行ってみた。なかなか高級っぽい静かな店だ。カウンターのあちら側には、いかにもお金持ちそうなグループが一組だけいて、白ワインをクーラーに入れ焼き鳥を召し上がっている。あまりジロジロ見ては悪いと、ずっと違う方を向いていたら帰りしなに声をかけられた。

誰とは言えませんが、すごく有名な方です。奥さんは元芸能人。

奥さんとも久しぶりでキャッキャッと言葉をかわした。一行が帰った後、焼き鳥屋さんのご主人が私に尋ねる。

「今の方はどなたなんですか。秘書の方からお電話があったんで、そういう方だと思っていましたが」

「いやーねー、○○さん知らないの？　奥さんは、芸名△△さんじゃないのー」

しかしまだ若い店主は、全く知らないようだ。それからついでに、という感じで私にさらに尋ねる。

「それから、明日××さんという方がいらっしゃるんです。秘書さんから連絡があったんですけど」

「まぁ、××さん！　この方は日本のエンタメ界の草分けで……」

さすが軽井沢、ＶＩＰの名前が次々と。得意になった私は、この純朴そうなご主人にレクチャーしてあげました。

「お客さんはよくご存知ですね。いったい何をされているんですか」

もちろん私のことも全く知らない。

明日はアウトレットに行こうーっと。

# 好きに生きたい！

コロナの間は、だらだらまったり過ごしていた。

どこにも行かなくていいので、うちで仕事をしてご飯をつくる。Net-flixと読書の日々。

それが秋になったとたん、目がまわるような忙しさになったではないか。

毎週一回の対談の仕事も始まったし、選考会も、秋はいっぱいある。

それから本を紹介するユーチューブを始めたから、毎週二冊の新刊書を読まなくてはならない。本屋さんに行って、あれこれ選ぶのもひと仕事。

十一月末（二〇二〇年）までやっている「まるごと林真理子展」のイベントも目白おし。

いろんな方と対談をしたり、ひとりで講演をする。

なにしろ山梨の県立文学館までわざわざ来てくださったのだから、知り合いにもおもてなしをしなきゃ。

「来月行くので一泊する。ついでに山梨観光も。いい宿とお店を教えてほしい」

という方も何人かいて、急きょツアコンとなる私。ああだ、こうだと甲府の方たちと連

フワちゃんのように
生きる

絡をとり合う。

そして夜のお誘いも急に増えた。いろんな方から、

「レストランの◯◯がとれたよ。◯月◯日の◯時にね」

とLINEがくる。一時期、私はこういう誘いをかなり断っていた。なにしろ体重がウナギのぼりになっていたのだ。しかし今はなんとなく〝高値安定〟し、社交にいそしむ日々。

あるお金持ちは言った。

「来月のイタリアン、△△と□□も来ますよ」

驚いた、なんてもんじゃない。二人ともイケメンの代表格のタレントさんではないか。こんなことがあってもいいものであろうか。

しかし、会ったとしてもそれ以上のことはない。

私は今までに、たまたま会った俳優さん二人とLINEを交換したことがある。私が言い出したのではない。一緒にいた友人（ギョーカイの人）が、

「Aさん、LINE教えてー」

とおねだりして、どさくさに紛れて私も聞いたというのが正しい。が、一回やりとりがあった後、今は既読スルーされている。

若い友人は言った。

「ハヤシさん、男の人に既読スルーされるようになったらおしまいですよ」

そうかもしれない……。あちらの方は、

「こんなオバさんが、なんでＬＩＮＥ聞くんだよ」

とさぞかし迷惑だったろう。私ってものすごく図々しいことをしたのではないかとイジイジ考える。

そう、ずっと昔から私はイジイジっ子だった。

「ついあんなことを言ってしまった。みんな私のことをバカにしたかも」

と、飲み会のたびに悩む。年長の人に、

「ちょっと、あの態度はよくなかったよ」

と注意をされようものなら、自分を全否定されたような気がして、もう死にたくなってしまったものだ。

この頃、芸能人がやたらＨＳＰという症状だと告白する。ものすごく傷つきやすく、人とうまくつき合えない人だそうだ。

それは若い時、誰しもが同じではなかろうか。そう、誰もがＨＳＰだよ。

このあいだ「林真理子展」の展示を見ていたら、二十代の私がいじらしくって涙が出てきそうになった。本当に気を遣いながら、仲間はずれにならないように必死で生きてきた。それなのにいつのまにか、仲間はずれになっている私。すぐ人にはナメられ、いいように使われてきたっけ。

だからフワちゃんを見ていると、心が癒やされるんだろう。最初にテレビで見た時はびっくりした。こんなシロウトくさい、傍若無人の女の子が、どうして画面に出てくるのか。

タメロのきき方もすごい。敬語を全く使わず好き放題だ。だけどみんな受け入れてしまっている。

しかも彼女のすごいところは、こういう一連のことを自然にやってしまうこと。

何年かに一度、メディアには「不思議ちゃん」が登場するが、そういうイタイタしさがない。そう、みんなわかったんだ。

「人に気を遣わず、自分の好きに生きたっていいんだ」

って。

何よりすごいのは、オシッコをもらしたって堂々と言うこと。

女性はいつも恐怖と戦っている。オナラを聞かれたかもしれない。お腹をこわして、トイレでつい大きな方をしてしまった。においが残ったらどうしよう……。そのためにバッグの中に消臭剤を入れている人も多い。

だけど人前でオシッコをもらしても、「やっちゃったー」でいいんだ。まさか自分はそこまでは出来ないが、世の中は許してくれる。それを知っただけでも嬉しい。

私は、トイレットペーパーをスカートのウエストにはさんだまま電車に乗った記憶に、まだ苦しめられているけど。

# 一気に買ったる！

それはまだ人々が、マスクなどというものをしていなかった昨年（二〇一九年）の秋のこと。

私は義母のバースデープレゼントを買いに、とある海外ブランドのショップに行った。いつものいきつけの店にしてもよかったのであるが、そういうとこだと九十歳の義母には似合わないはずである。

義母でもよく名前を知っていて、しかもちょっとこじゃれたものがある店、ということで、初めて表参道のそこに足を踏み入れたのである。

しかし店員さんの態度がものすごく悪かった。今どきの若いコが、私のことを知っているはずもないから、別にちやほやしてもらおうなんて、これっぽっちも思っていないけれど、

「ダサいおばさんが来た」

という感じで、目を合わせようともしない。〝いらっしゃいませ〟もない。

その時、一人の青年が近寄ってきたのである。

「何かお探しですか」

「ウェアを見せてください」

「二階にご用意してあります」

この青年はとても親切で、いろいろなニットやブラウスを見せてくれる。

「あっ、私が着るんじゃないですよ。母親の誕生日プレゼントです」

あくまでもミエを張る私。

なぜならここのブランド、おばさんっぽくてあまり好きではない。だから着たことがない。私も立派なおばさんだけど。

あれこれ探して、スカーフがついていてリボンを結ぶ素敵なニットにした。義母は九十過ぎでもおしゃれを忘れない。いつも髪はピシッとして、ブローチやネックレスもしている。美人の誇りというものであろう。そんな義母にぴったりだ。

「今、おつつみしてお持ちします」

ということで、私だけエレベーターで一階へ。

所在なさげに立っていた私を見て、別の若い店員がけげんそうに声をかける。

「何か？」

「今、上から商品が下りてくるのを待ってるの」

「そうですか」

と彼は言い、傍のソファを指さした。

「じゃ、ここに座っても構いませんよ」

むかつきましたね。

「ちょっとアンタ、いくら若いからってちゃんとした日本語を使いなさい。お客に対して失礼でしょ。『ここにお座りになってお待ちください』でしょ！」

もちろん私はこんなことを言いませんよ。ソファに座りもしなかったけど。ただすごーくイヤな気分になった。

そこに丁寧に包装したプレゼントを持ち、青年が戻ってきた。

「お待たせして申しわけございません」

さっきから気づいていたのだが、彼はものすごいイケメンである。二重の大きな目が、V6の岡田准一くんにそっくりだ。

私はさっきのイヤな感じの店員に対する腹いせもあり、ついバッグも買ってしまったのである。

「ほれ、おばさんに親切にすると、ちゃんといいことがあるんだわい」

そしてその買物のことをすっかり忘れた一年後、私の普段使っていないガラケーに、見憶えのない携帯番号が表示してある。あの〝准一くん〟からのメールであった。

「ごぶさたしております。〇〇〇表参道店の△△です。お使いのバッグ、いつでもメンテナンスいたしますのでぜひお持ちくださいませ」

そうか、〝准一くん〟の名前は△△くんというのか。私はつい返信した。

「ありがとうございます。表参道に行ったらお寄りします」

ちなみに私は本名を使うし、顧客カードも残してこなかった。それなのにどうして私の携帯番号を知ったんだろう。

後にわかったことであるが、私は修理のカードに、本名と携帯番号を書いてきたみたいだ。それを頼りに、〝准一くん〟は私に連絡してきたのである。

「よーし、買ったる!」

コロナでずっと買物をしなかったので、むずむずしていたところ。

みんながイジワルするところ、ただ一人だけ心やさしい男の子が、見知らぬおばさんにやさしくしました。実はそのおばさんは魔法使いで、いっぱいいっぱいお買物をしてくれました……。

そんなグリム童話のようなあらすじを思いうかべ、昨日そのショップに向かった私。

「△△さんいらっしゃいますか」

と尋ねたところ、彼が二階から降りてきた。マスクをしているから目がはっきり。ますます〝准一くん〟に似てるかも。

まず秋のバッグを買い、それからワンピも。よーく見るとここのお店、結構とんがったものもある。私はこの秋大流行のフリンジつきのジャンパースカートも買いましたよ。うちに帰って、

「私の力で、〝准一くん〟を売り上げNo.1にしたい」

と言ったら、「まるでホストに貢ぐみたい」と秘書に笑われた。

# 前世でよっぽど…

私は前世にいいことをしたのだ……

「神さま、私は前世でどんなにいいことをしたんでしょうか〜」

昔見たミュージカル映画で、バーブラ・ストライサンドが朗々と歌い上げていたっけ。素敵な男性に愛されて、その喜びを歌ったものだ。

最近この、

「前世でどんなにいいことしたんだ」

というフレーズが流行っている。

最初は、イケメンの代名詞のような若手スターたちが、とあるバーで一般女性とお酒を飲んだとか飲まないとか、というニュースが流れた時。

ネットではその女性陣に対し、

「前世でどんな功徳を積めば、あのスターとお酒飲めるんだ!?」

という意見があった。

そりゃそうだねーと頷いた。気持ちはよーくわかる。私がもしふつうの女の子だったら、同じ感想を持つはず。有名俳優や歌手とお酒を飲めるなんて。一般のＯＬや学生ならまず

あり得ないことであろう。昔よく、有名人が一般の女性と結婚した時、

「彼女が打ち上げにたまたま来ていて。誰かに連れてきてもらったようです」

というコメントをしたものだ。

まだ独身だった私は、

「ふつうの女性が、コンサートの打ち上げに来られるはずないじゃん。本当のシロウトのわけないじゃん、バッカみたい」

とツッコんだ。

あの頃は人の恋話が気になって仕方なかったんだ。

そうそう、当時人気俳優さんが〝一般人〟の女性と婚約したのだが、突然婚約破棄して大変な騒ぎになったことがある。この女性はなんかあやしげで、ヘンだった。だって「たまたま知り合いがいて」その俳優さんの楽屋を訪ねる時に、振袖を着ていったと書いてあったからだ。

マスコミが彼女のいろんな過去を書き立て、かなり面白い話題であったが、今ではその俳優さんでさえ消えてしまった……。

思えば、いろんな〝一般人〟の歴史を知っている私。何年か前からは「プロ彼女」という言葉が定着したが、それがいちばんぴったりくるような気がする。ふつうの人のようでいて、実はふつうの人ではない女性のこと。美しさがハンパない。そして人脈もあり、多くのチャンスを持っている。

ところで石原さとみちゃんが電撃婚約した。私もお会いしたことがあるが、もうその綺麗なことといったら……。大きな瞳に透きとおるような肌。性格もとてもよいコであった。そして相手は一般人の男性とか。

ネットには、

「石原さとみと結婚出来る男が、一般人のはずないだろ」

という素朴な感想が。そしてあの文章もあった。

「前世でどんないいことをすれば、石原さとみと結婚出来るんだ」

現世を比べても仕方ない。もう考えることは前世のこと。

「村のために人柱に立ったのかもしれない」

と自分を慰めているんだろう。

つい四日前のこと。美食家の友だちから、

「名古屋にさ、日本一おいしい天ぷら屋さんがあるから行こうよ」

と誘われた。私はこういうのが大好き。日帰りでおいしいものを食べに行くというのは、わくわくする大人の遠足。大人の贅沢だ。

新幹線のホームで、若い友人に会った。

「あなたも行くのね、天ぷら」

「そう」

「八席っていうから誰なんだろう」

「マリコさんにボク。それから△△さん夫妻……」

推理してみるのだが、あと二人がどうしてもわからない。

そして名古屋駅の待ち合わせ場所に行き、私はひえーっと小さく叫んだ。二人のうち一人は、大人気のA君ではないか！

最近主演したドラマも大ヒット。いま日本で「イケメン」といえばこの人。めちゃくちゃ美形！

「お久しぶりです」

と冷静を装って挨拶。実は何年か前、対談で会っているのだ。

時節柄、黒いマスクを鼻の上までつけ、キャップをかぶっている。ほとんど顔は見えないのであるが、漂ってくるスターのオーラはすごい。ビンビン伝わってくる。

だいたい芸能人は、マスクをしていてもすぐわかることになっている。目がちょびっと見えているだけでも、ふつうの人と違うんだもの。

そしてタクシーに分乗して天ぷら屋さんに到着。席を決める時友人が、

「マリコさん、A君の隣で」

と勧めてくれたが、

「やめて、本当にやめて。緊張して食べられないから」

間にホームで会った友人に入ってもらった。食材ごとに衣を変える天ぷらは、信じられないようなおいしさ。

そして友人ごしに、A君の美しい横顔を見ながら、マツタケの天ぷらと日本酒を口にする。そしてつぶやく。

「前世でよっぽどいいことしたんだ、私」

郵便はがき

料金受取人払郵便

銀座局承認

2250

差出有効期間
2022年8月31日
まで
※切手を貼らずに
お出しください

1 0 4-8 7 9 0

6 2 7

東京都中央区銀座3-13-10

マガジンハウス
書籍編集部
愛読者係 行

| ご住所 | 〒 | | |
|---|---|---|---|
| フリガナ | | 性別 | 男 ・ 女 |
| お名前 | | 年齢 | 歳 |
| ご職業 | 1. 会社員（職種　　） 2. 自営業（職種　　）<br>3. 公務員（職種　　） 4. 学生（中　高　高専　大学　専門）<br>5. 主婦 6. その他（　　） | | |
| 電話 | | Eメールアドレス | |

この度はご購読ありがとうございます。今後の出版物の参考とさせていただきますので、裏面のアンケートにお答えください。**抽選で毎月10名様に図書カード（1000円分）をお送りします。**当選の発表は発送をもって代えさせていただきます。

ご記入いただいたご住所、お名前、Eメールアドレスなどは書籍企画の参考、企画用アンケートの依頼、および商品情報の案内の目的にのみ使用するものとします。また、本書へのご感想に関しては、広告などに文面を掲載させていただく場合がございます。

**❶お買い求めいただいた本のタイトル。**

**❷本書をお読みになった感想、よかったところを教えてください。**

**❸本書をお買い求めいただいた理由は何ですか?**

●書店で見つけて　●知り合いから聞いて　●インターネットで見て
●新聞、雑誌広告を見て（新聞、雑誌名＝　）
●その他（　）

**❹こんな本があったら絶対買うという本はどんなものでしょう?**

**❺最近読んでよかった本のタイトルを教えてください。**

ご協力ありがとうございました。

# 新人賞はK青年！

K青年のことを憶えているだろうか。

そう、このページの担当だった、マガジンハウスの編集者。

初めて会った時、噂どおりの超イケメンで私は目を見張った。なんでもフジテレビのアナウンサー試験で最終まで残ったという。

「ふぅーん、惜しかったねぇー。他のところもチャレンジすればよかったのに」

「いいえ、こうしてハヤシさんとお仕事出来るんですから、こっちの方がずっと嬉しいです」

とかなんとか言っちゃって。それでもよく仕事をしてくれ、時々は私のネタになってくれた。

失恋した時の話も面白かったなぁ（失礼）。

このあいだ久しぶりに会ったら、

「彼女が出来ないんですぅー」

とか嘆いていた。最近はマッチングアプリをしているそうだ。

「まだ二十八歳だし、そんなことしなくてもあなたならいくらでもいるでしょ」

「でも、周りの友だちもみんな結婚して、もう合コンに誘われることもないんですぅー」

と、やや鼻にかかった甘い声で窮状を訴える。

そう、私はK青年のことを、どこにでもいるふつうの男の子だと思っていた。一週間前まで。

そうしたら彼からこんなLINEがくるではないか。

「ハヤシさん、〇〇の新人賞に選ばれました」

びっくりした。〇〇というのは老舗の純文学雑誌だ。これとあと三つぐらいの雑誌に載ったものから、芥川賞候補が選ばれる仕組みだ。

「ハヤシさんに読んでもらいたい」

ということで、彼の小説が載ったものを送ってくれたけれど、それが難しいのなんのって……。

登場人物が入れ替わるうえに、名前がつけられていない。だから混乱してしまう。しかし全体の簡潔で清潔な文章はいい感じ。

性描写のところもしっかり書いてある。マッチングアプリに頼る青年とは思えない。

ところで多くの方からよく質問を受けるのが、

「芥川賞と直木賞ってどう違うの？　そもそも純文学って何？」

っていうもの。

それでは直木賞選考委員二十年の私が、お教えいたしましょう。コホン。

今、K青年の小説でも言ったように、純文学は難しい。小説を読み慣れていない人だと前に進めないかも。それはストーリーの面白さをまず考えるエンタメ小説と比べ、純文学の方は心理や人物造形を主眼として、文体の実験をするから。

K青年のように、登場人物に名前をつけないのもそのひとつだ。作者と読者との間に、かなり知的なやりとりがなされる。

もちろんエンタメの方も、文章がまずくては話にならない。最近は実力派の若手がいっぱい出てきて、エンタメと純文学の垣根を越えていく。大ベストセラーになった村田沙耶香さんの『コンビニ人間』なんてそうだ。

ところで○○のページをめくっていたら、K青年のインタビュー記事が出ていた。壁にもたれる彼は、モデルか若手の俳優のよう。本格デビューしたら、ものすごい話題になるに違いない。

「頑張ってね」

昨日遊びにやってきたK青年を励ます。

「最近の女性作家は、川上未映子ちゃんや、綿矢りさちゃんとかアイドル級がずらり。だけど男性は、いつまでたっても、島田雅彦さんがイケメンナンバー1なんだよ。もっと書いてね。芥川賞とってね。そうしたら記者会見で、ハヤシマリコさんにお世話になりました、って必ず言ってね」

「もちろんです」

あの甘〜い声で頷いた。

「僕、コーヒーショップで、ハヤシさんがさらさら原稿書くの見て、作家ってなんてカッコいいんだろうと心底思ったんです」

それを一日も早く芥川賞受賞記者会見で言ってね。

ところで、これは自慢話になるのであるが、私が別の週刊誌に連載しているエッセイが、

「同一雑誌におけるエッセイの最多掲載回数」

としてギネス世界記録に公式に載ることになった。ギネスですよ、ギネス。

長年の相棒であるテツオから、

「世界一おめでとう。すごいじゃん」

というお祝いのメッセージが。

「そう、私は今や世界一の女よ！（笑）」

と返した。

そう、このアンアンの連載もそれに次ぐ長さかもしれない。これも皆さんのおかげです。本当にありがとうございます。

小説やエッセイも、読んでくれる読者の方がいてくれるからこそ。皆さんに喜んでもらえなければ、ただのひとりよがりのもの。K青年もこれを心してね。編集者だからそんなこと、とっくに知ってるよね！

# 偉大なデザイナー

夢をみていた。

私はハワイのハレクラニホテルに泊まっていた。仲よしのA子さんと一緒。A子さんは帰国子女なので英語がペラペラ。あちらでも友だちと楽しくやっている。一人することのない私は、タクシーに乗って街に向かっていたら、なぜか暴動が始まりすぐに帰ってきた。

ロビイでは、知らない女の人が話しかけてくる。

「いまエルメスのワイキキ店に、バーキンが大量入荷したのよ。さっそく行きましょうよ」

行こう、行こう、と言ったところで目がさめた。

そして朝刊を見たら、ハワイが日本からの渡航者に限って、渡航後の自主隔離を緩やかにすると大きな記事になっている。

びっくりしてA子さんにLINEした。

「本当にはっきりした夢だったよ」

すると間髪を入れず彼女からも、

たい。

「私も昨日、マリコさんの夢をみた」

とくるではないか。びっくりした。

「白い柱のテラスで、マリコさんとご飯を食べていた」

これは正夢というのではなかろうか。

「こうなったら、一緒にハワイに行こう」

いっぱい遊んで、買物しよう。

あぁ、早くコロナが収束してほしい。そして世界中、いろいろなところに遊びに出かけたい。

ハワイももちろんいいけれども、いま私が切実に行きたいと願っているのはパリ。大好きなところ。

最後に行ったのは、昨年（二〇一九年）の一月のことになる。あちらに住む作家の辻仁成さんとも会い、おしゃれなところにいろいろ案内してもらった。若い頃は、ニューヨークが世界でいちばん素敵な街だと思っていたけれども、この何年かはやっぱりパリ。エレガントな大人の街だ。コロナにうちひしがれても、どうか変わりませんように。

私が次に行く時も、元のままのパリでいてくれますように。

テレビで見るたびに祈るような気持ちでいたら、なんとデザイナーの高田賢三さんがコロナの合併症で亡くなった、というニュースがとび込んできた。

高田さんといえば、日本が生んだ世界的デザイナー。おめにかかったことはないけれど、昔はこの方のショップでよく買った。花模様いっぱいのフォークロア調のワンピや、綺麗な色のカーディガンも。

生まれて初めて見たファッションショーがこの方のものだった。

バブルの少し前の頃で、ものすごくお金がかかっていた。代々木体育館にステージがしつらえられ、白馬をひいたモデルさんが出てきた。白い兵隊帽と白いドレス。とても可愛らしかったことを昨日のことのように憶えている。

「そうかァ、ケンゾーさん、亡くなっちゃったんだ……」

なんか淋しい。

先週銀座を歩いていたら、ファッションビルの中に、「KENZO」のショップを見つけた。ケンゾーさんは、何年も前に自分のブランドを譲っていたのだ。

懐かしさのあまり、ニットとカットソーを買ってしまった。私なりのレクイエムのつもり。ビンボーで若かった私に、おしゃれの憧れを教えてくれたデザイナーさんだ。

デザイナーさんといえば、山本寛斎さんも突然亡くなってびっくりだ。ケンゾーさんと違い、カンサイさんとはつき合いがあった。同じ文化人の団体に入っていたり、広告の賞の選考委員を一緒にやったりしていたからだ。

とにかくパワフルな方で声が大きい。わりと自分勝手に喋っていたかも。しかし背が高くてハンサムだったので、たいていの人は言い負かされる。

お嬢さんの山本未來さんも女優さんだし、クスリでつかまっちゃったけど、お母さん違いの弟さんも超イケメン。才能溢れる美形の家系だったんだ。

二十代の頃、カンサイさんのお洋服をよく着ていた。黄色のジャケットに、ピンクのTシャツみたいな色の組み合わせが大好きだった。

コピーライターをしていて挑戦的な私に、トガったカンサイさんのお洋服は合っていたような気がする。あれから月日は流れ、昨年六本木ヒルズでやった「日本元気プロジェクト」というイベントで、おめにかかったのが最後だったかも。

そう、考えてみると、私たちはデザイナーの人から、どれだけのパワーをもらってきただろうか。その時代、時代、世の中に出てきたデザイナーさんには主張があり、それを選んだ私たちは、彼らに代わって何かを発信していたとつくづく思う。ワイズもそう。ギャルソンもそう。

ファスト・ファッションにもあるかもしれないけど、それはとても見つけづらい。あまりにも多くの人に発信するから。あぁ、パリに行きたいな。あそこで何かをキャッチしたい。

# アウトレットのお宝

晩秋の一日、軽井沢に行こうということになった。

新幹線で行くと、一時間ちょっとでとてもラクチン。駅からタクシーで、めざしたところはヴィラデスト ガーデンファーム アンド ワイナリーだ。ここは画家でエッセイストの玉村豊男さんが経営しているところ。広大なワイン畑が拡がり、ここでつくるワインは、幾つものコンクールで入賞している。

私が軽井沢に来ると必ず立ち寄る、大好きな場所。中に売店やレストランがあり、おいしいランチをいただけるのだ。もちろんここでつくるワインも全種類飲める。

あいにくと玉村さんはお留守だったが、窓際の席を予約していたので、まずは白ワインで乾杯。お料理の本をいっぱい出されている玉村さんのお店だから、どのお料理もおいしい。自家製ソーセージには、たっぷりの野菜が添えられている。そのおいしさがハンパない。ここの農園でとれるか、あるいは近くの農家さんのもの。生ハムも自家製。

すっかりいい気分になったところで、駅まで帰りアウトレットへ。ここも私が軽井沢に

こんなコート似合うの
めったにいないよね
(注:このコートは、グッチとは無関係です)

来ると、必ず寄るところだ。お洋服やバッグはもちろん、タオルを大量購入することもある。

若い友人二人と一緒だったので、今回はまずはグッチに直行。おしゃれな女友だちが言うには、アウトレットというのは、二年落ち、三年落ちのお洋服を安く売っているだけではない。ふつうのショップにはないものも発見出来るそうだ。

男性の方は、グッチのコートを試着し始めた。若い男の子と買物に来るなんて久しぶり。こんな風に、とっかえひっかえ着るのかと新鮮な体験であった。

私なんか「入りゃOK」というところが多分にあるのだが、彼は横、後ろと鏡でじっくりチェック。サイズがある限り、すべて試してみる。微妙なアーム加減にもこだわっているのだ。

男性の店員さんもだんだんのってきているのがわかる。やっぱりおしゃれなお客の相手をするのは嬉しいに違いない。

アウトレットのお客というのは、たいていは観光気分でやってくる。私のようなおばさんか、ふつうの女の子のグループだ。しかしよーく見ると、中にモデルレベルの人たちが混じっている。東京からお買物に来たに違いない。

そういう方々というのは、高級ブランドのトガったお洋服を次々と試着している。ふつうの人にはちょっと着こなせないようなアイテムが、アウトレットにはふんだんにあるのだ。

私の友人もグッチで、チェックのコートをお買上げ。ふつうの男性ならちょっと手が出せないアイテムであるが、背が高く細っこい彼にはぴったり。

「まるで芸能人みたい！」

と感嘆の声をあげる私。

私はといえば、ＰＲＡＤＡでいちばんオーソドックスなニットを買ったぐらい。シンプルなグレイは定番だけれど、半額以下のお値段であった。

女友だちの方は、サンローランで黒いダウンを見つけた。信じられないプライスになっていると興奮している。このダウン、ちょっと見はふつうに見えるんだけど、後ろのフードのところが、ゆったりとした半円を描いていてとても可愛い。ポケットのチャックも凝っていて、さすがサンローランである。

しかし私はちょびっと疲れてきたので、椅子に座って皆さんをお待ちする。スニーカーを履いて張り切ってきたけど、アウトレットまわる体力はもうないかもね。

そして紙袋をいくつもかかえた私は、七時の新幹線で東京へ。あぁ、楽しかった。

ところでこのところ、毎週一回は必ず、山梨に向かっている。十一月末（二〇二〇年）まで開催されている「まるごと林真理子展」のためだ。

親しい友人が来る時は、出来る限り山梨へ行ってご案内するし、私の講演会なんかもあったりする。

が、困るのは食事だ。はっきり言って甲府はそうおいしいお店がない。皆が喜ぶものといえば、ほうとうと鶏モツぐらいだろうか。

私としては勝沼まで行っていただき、盆地ごとブドウ畑になっている、あの素晴らしい景色を見てもらいたい。そして知り合いのワイナリーに行って、思う存分山梨のワインを飲んでもらいたい。しかし残念なことに、コロナの影響で、どのワイナリーも試飲をやめているのだ。

そんなわけで、私の幼なじみがやっているお鮨屋さんのカウンターへ。

実は海のない山梨県だが、日本でいちばんお鮨が好き。人口比率でお鮨屋の数は日本一である。しかし残念ながら、おいしいお店はあまりない。そんな中、私の幼なじみの店は、息子さんが銀座の一流店で修業しているから味も値段もかなりの高水準。展覧会を見た後は、皆さまをこちらでご接待。最近はお鮨代のために働いているような私です。カントリーライフは続く。

# 今どきトイレ事情

しつこいようであるが、山梨県立文学館で「まるごと林真理子展」、絶賛開催中!

途中でギネス世界記録や、菊池寛賞受賞といったニュースがあったので、来館者が日に日に増えている。

行ってくれた人はみんな、ものすごく面白く楽しかったと口を揃えて言う。私のお気に入りの着物や、イブニングドレスも展示してあり、生原稿もいっぱい。

そして「まるごと」と言うだけあって、文学館に入るところから、私のイラストの立て看板がいっぱい置かれている。文学館と美術館の間には、広ーい芝生があり、そこにいくつかのマリコが立っているワケ。

このあいだのこと、一緒に行った友人の奥さんが、本当に驚いていた。

「このイラストって、マリコさんが描いていたんですね!!」

ずうっと本職のイラストレーターの仕事だと思っていた、と言うからびっくりだ。

「こんなヘタクソなイラストレーター、いるわけないじゃないの」

「わざとヘタに描いているのかと思っていた」

だって。三十年間も！

私は漫画家・西原理恵子さんの大ファンで、「ダーリン」シリーズは全部揃えている。あの人は一見、ヘタっぽく見えるが、構成や動きがものすごく緻密に計算されている。デッサン力もかなりのもので、さすが美大卒。

比べるのも失礼な話であるが、私のはヘタウマではなく、ただのヘタ。が、味があって可愛いという声もあり、スタンプをつくったところ（周りの人たちには）人気がある。文学館の売店では、マリコイラストのクリアファイルがかなり売れているとのこと。

さて、こんな国民的美女作家（アンアン編集部命名）が、こんなことを書くのはナンですが、皆さん、オシッコやウンチの後、どうしていらっしゃいますか？

アンアンは時々「セックス特集」をしてくれ、女の子にことこまかにそちらの方の知識を与えてくれる。が、トイレでどうするか、という大切なことは今まで誰も教えてくれなかったのでは。

思い出してほしい。

私たちはいったいいつ、お尻やあそこを拭くという行為を習ったのか。たいていがお母さんからであろうが、それははたして正しかったのであろうか。時代に沿っているか？

このあいだ女性誌を読んでいたら、「正しい拭き方」というのが説明されていた。びっくりした。今まで生きてきて、初めて知ったことがあったからだ。小さい方はさっと拭うのではなく、トイレットペーパーを小さくたたみ、五秒ほどあてるんだそうだ。こうすることにより、しっかりと吸収出来る。

大きい方はさっと拭い、ウォシュレットで洗ってから水分をとるんだと。

そういえば、製紙会社の人と飲んでいた時、実験の話になった。何人かの人に、トイレットペーパーを試してもらった時、大きなことに気づいたそうだ。それは用を足した後、ウォシュレットをいきなり使う人と、あらかじめペーパーで取り去る人との二とおりに分かれるということ。彼は、ペーパーを使ってから派だったので、へぇーと思ったとか。

私は一度、トイレットペーパーばさみをやってからというもの、紙がちゃんと着地しているかという点検はおこたらない。が、最近わかったことであるが、ペーパーをパンツにはさんだままにするという最低の失態は、使った部分を捨て忘れたのではなく、ロールから切ったつもりがつながっていた、ということなのだ。

ついこのあいだも、居酒屋のトイレから出ようとして、ふと鏡を見ると、スカートの上からシッポのように、白いペーパーが出ているではないか。ロールから切り忘れていたのである。

気づいてよかった。また恥の記憶をつくるところであった。

話は変わるようであるが、このあいだ新幹線の半円型のトイレに入ろうとして開けたら、下半身脱いだ男の人が座っているではないか。

失礼、とあわてて閉めようとしたが、あのドアはゆっくりと動く。本当に困った。鍵の

ところに、

「必ずロックしてください」

と書いてあるのに見逃してしまったに違いない。

それにしても、男性は本当に立ってしなくなったんだなあとつくづくわかった。女性のように、下半身を脱いで座るのだ。立ったままだと掃除が大変だと、奥さんから文句を言われると聞いたことがある。

私は大きい方に関してはわりと神経質で、外ですることはほとんどない。必死で我慢。マガジンハウスに勤める友人に聞いたら、そうなった時、近いのでタクシーでうちに帰ったこともあるとか。みんなそうだよね。そのくせ、前の人がしていたりすると、かなりムッとする方。ひどいと思う。が、このところマスクをしているから、においがあまり気にならなくなった。そうだよ、こんな時だからみんな大らかにならなくては。

# 大人の山梨ツアー

コロナの間、ずうっとうちに閉じこもっていた。街はしんとしていて、歩いている人もいない。なんか夢を見ていたようなあの日々も、もはや思い出になっている。

今では表参道に人はいっぱいいるし、私も毎日外でご飯食べている。しかし何かが違う。

そう、旅行してないんだ。

ちょうど、ハワイが解禁になったというニュースが入ってきた。

日本人に限って、事前検査で陰性ということがわかれば、自主隔離が免除になるんだそうだ。

ハワイ！　ハワイ！　行きたいよー。何もしなくても、海の見える部屋に寝っころがって本を読んだり居眠りする。そしてお昼寝から醒めたら、おいしいものを食べに行ったり買物に行くんだ。

台湾もいいなあ。あそこは何を食べてもおいしいし、街全体がのんびりとあったかい。

レトロなにおいがしているところを歩くのは大好き。

「台湾へ早く行きたいよー」

と、あちらに住む友人にＬＩＮＥしたら、

「早く日本に帰りたいよー」

と泣きマークが入ってきた。コロナ禍で自由に行き来出来ないんだそうだ。

そんなわけで、海外は無理だけれど、最近は近場にしょっちゅう出かけている私。このあいだは軽井沢に行き、秋の山々を見てランチを食べた。アウトレットへ行き、あれこれ買ったこともお話ししたと思う。

ところで閉幕迫る、山梨県立文学館での「まるごと林真理子展」。ホールでの講演もあるのだが、それ以外にも友人たちがやってくる時は行くようにしている。

このあいだは、女優の藤真利子さんが友だち二人と電車で来てくれた。それとは別に、車でやってきたのが中井美穂ちゃんご一行さま。

「マリコさん、いま文学館に着きましたよ」

と美穂ちゃんがＬＩＮＥをくれたので、

「よーく展示を見て。美穂ちゃんが写っているパネルがあるよ」

と返した。

それは台湾の十分(シーフェン)でランタンを飛ばしている写真。ちょうど大河ドラマが始まる前で、「大河成功」と書いて、ランタンを飛ばしたのだ。本来なら、写真に出ている人はみんな許可をとるのであるが、美穂ちゃんは右端にちょびっと写っていただけなので勘弁してもらっていた。しかし彼女はすぐに気づいてくれてわかった、よかった。

その間、私と藤さんは甲府駅前のおそば屋さんに入って、昼から山梨ワインをちびちび飲んでいた。

正直言って、食べものはイマイチの山梨であるが、ここの鳥もつは別。B級グルメでグランプリを獲得したのである。甘辛い味は、赤の山梨ワインととてもよく合う。

その後タクシーで文学館へ行き、美穂ちゃんご一行と合流した。みんな文学館も見て、さてこれからどうするか……。

時間は三時過ぎ。これから東京へ戻っても夕飯には早い。

「勝沼にまわりましょう」

と提案した。晩秋の甲府盆地は、いま本当に美しい。勝沼は盆地の端っこにあって、なだらかな山はみんな葡萄畑である。皆さんにあそこをぜひ見てもらいたい。

「美穂ちゃんとも仲よしのワイナリーがあるから、まずはあそこに行きましょうよ」

そして私たちはタクシーで、美穂ちゃんたちは自分の車で、勝沼に向かったのである。

そこは本当に素敵な建物で、古い外壁はすべてツタにおおわれている。いつもだったら何種類もの試飲が出来るのであるが、今はコロナで駄目だそうだ。とはいえ、みんなワイナリーに興味しんしん。ワインが出来るまでのビデオを見たりしている。

しかし、このあと何をしたらいい？

夕飯にはまだ早い。外はうっすらたそがれがしのびよってきたぐらい。

「お寺に行きましょうか」

と、ワイナリーの社長さんが誘ってくれた。勝沼には名刹といわれる、鎌倉時代に再建されたお寺があるのは知っていた。しかもそこの仏像は葡萄を手にしている。甲州葡萄発祥の地として有名なところだ。が、近くに生まれ育っても、一度も行ったことがなかった。

車二台でみんなで出かける。女七人と男性が一人。しかし私は別として、みなさん美人ばっか。女優さんもいるし、心なしか社長も嬉しそう。

山の上にあるお寺の庭からは、盆地を見わたすことが出来る。ちょうど夕陽が落ちるところ。

何て美しいの……。何て楽しいの……。

ハワイや台湾には行けなくても、気の合った仲間と、こんなに素敵なところにいるじゃん……幸せだ。本当に幸せだよー。

さらに、社長さんが連れていってくれた石和の和食屋さんは、びっくりするぐらいおいしかった。社長さんが持ち込んでくれた、そこのワイン、〝甲州〟のおいしいことといったら。そして飲みまくり、食べ終わり、楽しい山梨の夜は更けたのである。みんな来てくれてありがとう！

# マリコの冒険

姪っ子からLINEが来た。

「おばちゃん、憧れのフレンチ〇〇〇〇の席が取れて、今来てるよ。グルメの先輩が取ってくれたんだよ」

「バッカじゃないの」

私は返した。

「そこは一人六万円するんだよ。ふつうのOLが行くとこじゃないよ」

「マジー!!　おばちゃん、私の食費は月に五万円だよ」

「とりあえずカードで払ってきなさい」

しばらくたってから写真が送られてきた。五万八千四百二十七円という、クレジットカードの控え。

「おばちゃん、記念に写真撮ったよ。私はお酒飲めないのに六万なんて。ショックと食べ過ぎで、帰りに駅のトイレでゲロしちゃったよ。六万があっという間に消えたよ（涙）」

分不相応のことをした自分がいけないと、彼女はすごく反省していたが。私はその気持

ちがよくわかる。誰だってちょっと背伸びして、素敵なお店に行きたい時があるもの。私は高ーい店で、Tシャツとかカジュアルなニットのまんま、もの慣れた風にシャンパン飲んでいる若い人たちを見ていると無性に腹が立つ。

反対に、おしゃれして、やや緊張気味の若いカップルを見るとホッとする。こちらがふつうでしょ。日常生活の小さな冒険というやつ。私もよくやってるよ。

さて、今年（二〇二〇年）アンアンが創刊五十周年を迎えた。本当にめでたい。ネットが勢力を持ち、いろんな雑誌が休刊になる中、本当にすごいことだ。今も人気で売れ続けているなんて。

コロナでいろんなことが心配されたけれど、記念イベントもちゃんと行われた。アンアンらしい、すごくおしゃれなイベントだ。少人数のお客さんをホールに入れ、あとはリモートでやるんだと。

私は長い間エッセイを続けたということで、ＳｉｘＴＯＮＥＳやＳｎｏｗ Ｍａｎと一緒にアンアンアワードの大賞をいただけることになった。副賞は金色のパンダ。ものすごく可愛い。

そしてこれを記念して、古市憲寿君と二人でトークをすることになった。

最近ますますファッショナブルになり、さらっと最先端のブランドを着ている古市君。彼と一緒に出るのに、いつもの格好じゃ悪いかも。

そんなわけでスタイリストさんにお願いすることにした。一年に一度ぐらい、人前に出る時はそうする。

「私のサイズだと借りるのは無理だから、買っても構わないから」

とつけ加えるのを忘れない。

そう、芸能人と違って、作家のおばさんが貸し出しを申し出るのはとても図々しいから。

スタイリストのマサエちゃんとは長いおつき合いであるが、プライベートで会うことの方が多いかも。図書館の司書をしていた彼女は、ちゃらいところがまるでなく、知的で思慮深い。スタイリングにもそれがあらわれていて、マガジンハウスの各雑誌から厚い信頼をかち得てる。

ヘアメイクの人もそうだけれど、スタイリストの人も、芸能人が好き派と、雑誌が好き派に分かれるかもしれない。

ある芸能人が売れてスターになると、そのヘアメイクさんも注目されるのはよくあること。いろんなメディアに出てちやほやされる。

「だけどその芸能人が売れなくなると、その人も消えちゃうこともある」

と聞いた。反対に雑誌派の方々は息が長いかも。地味だけどちゃんとキャリアを積んでいく人が多い。

前置きが長くなったけど、マサエちゃんが選んでくれたのはヨウジヤマモト。

実は私は若い頃Y's ばっかり着ていた。髪もテクノでかなりとがった服ばっかり着ていた。

が、最近の私は、たいていがジャケットとスカートという組み合わせである。きちんとした格好が多い。おばさんにふさわしい正統派になっている。

「私に着こなせるかな」

「大丈夫ですったら。今、ヨウジヤマモトは若い人に大人気なんですよ。ハヤシさんもきっと似合いますよ」

ということで、表参道のショップで待ち合わせた。そこでマサエちゃんが組み合わせてくれたのは、ウエストにフリルいっぱいのコートドレス。下に黒と赤の花模様のロングブラウスと黒いスカートを着る。

これに合わせて、当日はヘアメイクさんが、外ハネの今っぽい髪にしてくれた。

そうしたらものすごく評判がいいのである。

「カッコいい」

「毎日そういう感じにしたら」

ということで今日も着てる。しかしあのコートを着る勇気はなく、ブラウスは下に垂らさずブラウジング。以前買ったヨウジのジャージのジャケットを組み合わせ、かなり〝ふつう〟にした。私の冒険はこうして中和されていくんだ。

# 効いてるんだから！

忙しい、忙しい、と言っているわりには、遊びの方も忘れない私。

今日は国技館にお相撲を見に行ってきた。今場所二回めだ。コロナ禍ゆえに、マス席には二人しか座れない。だから脚を出してのびのびと見物出来る。といっても注意しなくてはならない。マスクをしていても、わかる人にはわかるらしい。

「テレビに映ってるよ」

友人からLINEが入る。

「脚ちゃんと揃えた方がいいよ」

という注意も。

それにしても、お相撲さんのカッコよさというのは近くで見るとよくわかる。テレビには映らない筋肉の美しさ、肌の艶々感。びんつけ油の甘い香りもたまりませんね。

こう相撲好きになったのは、ご贔屓（ひいき）の力士が出来たから。もちろんイケメン。脚が、びっくりするぐらい長くて、体つきが本当に綺麗。しかし体重がそう多くないので重量級に

たいていのことは
マッサージで

ぶつかると不利である。

今日もバカでかいモンゴルの人に負けてしまった。本当に残念だ。

「仕方ないよね。体の大きさがまるで違うんだから」

なんて言いながら、女四人で国技館を出て日比谷に向かう。そしてワインを飲みながら、ぺちゃくちゃ取組について話すのは本当に楽しい。スー女というのは奥が深くて、力士を語ることは、人生観や美意識を語ることではあるまいか。

「いくら何でも、あんな勝ち方はないよね」

「そうだよね、いさぎよくないよね」

「セコい」

そして話はいつのまにか整形話に。四人のうちの一人は女優さんなので、芸能界のこういう話にすごく詳しい。

先輩の女優さんから電話がかかってきて、

「すぐに〇チャンネルをつけなさいよ」

そのとおりにすると、某芸能人の顔がアップに。トーク番組の最中だ。

「ついにあの人、やっちゃったわねー」

「そうですねー」

などという話になるそうだ。

それでは整形をしないとしたら、いったい何をしたらいいいか、という話題になっていく。

「それはもちろん◯◯◯マシーンじゃないの」

と私。それは低周波か何だか、とにかく機械によってぐっとリフティングしてくれるものである。

「今日さ、本当は二時半から予約してたのよ。だけど考えてみると、三時半までには両国国技館に来なくちゃならない。私はドタキャンはサイテーと思う人間だから、お金渡して秘書に行ってきてもらったわよ」

「へぇー」

「さっき電話したらさ、ハヤシさん、ありがとうございますって大喜び。顔が確かに変わりましたって」

「よかったねー」

実はそのマシーン、四人のうち三人がやっているのである。私が仲よしのA子さんに教えたら、情報がA子さんから女優のB子さんにいったというわけ。

「だけど、最近もっとすごいところを見つけちゃった」

と私。

「ハンドだけでやるマッサージだけど、めちゃ高い。めちゃ効く」

へぇーっと声があがったが、あまり信用してない感じ。

思うに美容の話をした時、

「それって効くの？」

と聞かれるのは、まるで効いていないということ。本当にビフォーアフターになっていたら女は間髪入れず、

「何やってるの!? 教えて、お願い」

ということになるのだ。

だから私がこれから言うことは、単なる自慢になるかもしれない。しかし私は言いたい、自慢したい。

マッサージって、本当に変わるんだよ。

私は週に二回ジムに行っているが、半分ぐらいはマッサージをしてもらっている。

「ハヤシさん、肩と腰ガチガチ。こんなに固まっていたら何をやってもムダ。まずは筋肉をほぐさないと脂肪も落ちませんよ」

顔のマッサージも同じこと。いくら高いお化粧品使ったり、マシーンをやったりしても、まずは筋肉を大きく動かし、形状ロックをしなくてはならないとエステティシャンは言う。

まず両手を使い、耳をふさぐようにする。そしてゆっくりと頭皮を上にひき上げる。そのまま髪にいき、ずーっと上にひっぱる。かなり痛い。しかし効いているということ。

最近私は瞼の上がたるんできた。私のただひとつのチャームポイントは、大きな二重のおメメだったのに、年々小さくなっていくような。はっきりした二重も、奥二重になってきた。

こういう場合どうするか。中指を瞼の上にのせ三本の指でぎゅーっとひっぱり上げる。

頭皮まで上げて形状ロック。

「気がつくと二重の幅が太くなったの」

と言っても、ふぅーんという反応だ。美容話している時にこれはつらい。身を乗り出してくれなければ話した甲斐がない。本当に効いてるんだから。ちゃんと聞いてよ。

# 磨き上げたセンス

上級のおしゃれって何なの？


友だちが＋Ｊを買ってきてくれた。

そう、ユニクロとジル サンダーがコラボした話題のアイテム。

この号（二〇二〇年十二月十六日号）が出る頃には、ふつうに並んでいると思うけれど、この＋Ｊを手に入れようとものすごい争奪戦が繰りひろげられ、それがニュースになっていた。

こういう時こそ自慢しなきゃ。

「これ、＋Ｊよ」

と見せびらかすと、

「わーすごい」

「よく買えたね」

とみんなびっくり。

素材もいいし、シルエットもしゃれている。白いニットも買ったけれども、これは相当のすぐれもの。いかにも〝今年〟っていう感じ。

長年本物のジル サンダーを愛してきた私が言うから間違いない。だけど二つは別もの。アレはアレ。コレはコレ。そう、おしゃれな人というのはハイ&ローのミックスが得意。周りのおしゃれ番長たちは、平気でZARAとシャネルを組み合わせている。私にはとっても出来ないテクニックだ。

「あのね、ファストファッションをそのまま着るのはナンだけど、インナーとかに一点使う。ZARAのすんごくとがったスカートと組み合わせても面白いよねー」

まぁ、このページでも何度も言ってることであるが、おしゃれのセンスはひとつの才能。生まれつき持っている人と持っていない人がいるが、後年うんと努力して身につくこともある。

知り合いのA子ちゃんは、四国の県立高校で、東京に出てくるまでジャージしか着ていなかったそうだ。それでよせばいいのに、上智なんていうところに入ったからさぁ大変。帰国子女や、東京生まれのお嬢がゴロゴロしている。持ち前の頑張りで、ファッション雑誌のグラビアを切り抜き、バイトして一生懸命洋服を買ったそうだ。今では私の周りでもピカイチのファッショニスタに成長した。

某広告代理店のB子さんは、もう若くない。一見ふつうのオバさんだし、格別トガったものを着ているわけでもない。マスコミの人特有の、流行を狙ったものもない。いつもTシャツにカーディガン、スカートというでたち。髪型もふつう、化粧っ気なし。しかし何ともいえずおしゃれなんだなァ……。

「条件は私と同じなんだけど……」

といつもしげしげと見ていたら秘策がわかった。よーく見ると、Tシャツのネックがすごく凝ってて、ネックレスと似合っている。足元はブランドのスニーカー。何がどうの、って言うわけじゃないけど、雰囲気がおしゃれ。これが上級者というものでありましょう。

さて冬になり、みんな〝巻きもの〟をするようになった。私はストールやショールをいっぱい持っているのであるが、巻くのがとても苦手。

〝巻きもの〟の第一条件である、さりげなさ、というのが出てこないのである。そんなわけでうちにやってくる〝巻きもの〟上手に、

「どうやったらそうなるの、やってみて」

と実技をお願いする私である。

私の知っている限り、いちばんの〝巻きもの名人〟は、中井美穂ちゃんだ。いつも可愛い柄や、素敵な色のストールをぐるっと巻きつけている。そして私はわかった。〝巻きもの〟が似合う人って、所詮顔が小さくて首が細い人なんだよね。だけど冬は巻かないわけにはいかない。ここが大人の女の見せどころ。ルイ・ヴィトンや、エルメスのスカーフを、たまたまここにあったからという風に巻く。私はプレゼントによくスカーフをいただくのであるが、箱に入れっぱなしではもったいない。この冬から活躍させることにした。

ストールも同じようにアクセも活躍させよう。この頃、ブローチがとても気になる私。

ついこのあいだ高田賢三さんを追悼する気持ちをこめて、ショップでニットとブラウスを買った話をしたと思う。

私は知らなかったのであるが、ケンゾーというのは、今、若い人にものすごい人気があるんですね。タイガーマークの黒いニットを着ていたら、

「わー、ケンゾーじゃない。ハヤシさん、おしゃれ、かわいい！」

と誉められた。

ところでもうひとつのブラウス。ベルベットっぽい素材で、袖がブルゾンのようになっている。色は濃いグリーン。インナーに着ようとしたのであるがちょっと違う。カタチ自体が存在感がある。

それで私はアクセサリー入れをひっかきまわして、シャネルの大きなのと、中世っぽい四角形のブローチを選び出した。シャネルのアクセは、シャネルの服じゃないとダメ。

「私、イヤです。お仲間とじゃないと」

ぷんとふくれる。

よって四角形のブローチをつけたら、やたら合うではないか。スカートは光沢のあるPRADAね。そう、今日はコーディネイトばっちり。私にだってできる上級コーデ。

そう、そう、これでね、もうちょっと痩せたら、私だって誉められるんですよね。このダイエットの話についてはまた来週。コワくて悲しい話です。

# 不思議なお薬

「マリコさん、こんにちは」

とはじまる一通のファンレターを受け取った。この方は「まるごと林真理子展」で行われた、私の講演会に来てくれたそうである。

「実物のマリコさんは、顔が小さくてお肌がピカピカ。肩幅が小さく、キレイでびっくりしました」

この文章に私がいちばんびっくりした。他のことはともかくとして(?)顔が小さい、という感想はいったいどこからくるのか。私の顔の大きさときたら、遠近法を狂わせるほどだ。真横に並んでいても、私だけ一メートル前にいるように見える。

私はこの手紙の話をお酒の席でした。そしてある男の人に、

「ファンってありがたいですよねー。まるっきり違うように見えるんですね」

といささか自虐的に言ったところ、

「えー、そんなすごい話があるんですねー」

と感心されてしまった。それが心から驚いたように言ったので、かなりむっとした私。


痩せるためにはどんなことも耐えろ!

と、友は言った。

ところで性こりもなく、最新のダイエットを始めた。実はコロナの最中、すっかりその気をなくしてしまったのである。

「重症になり明日死んでしまうかもしれない。人類が直面するこんな危機の時に痩せたの、太ったのってどんな意味があるのか……」

と苦悩している最中、お食事の誘いがいっぱい入るようになった。私の友人はみんな名だたるグルメばかり。すごいお店でおいしい料理。コロナ禍でも、人気のお店は人が減ることはなかった。それどころか、

「コロナでキャンセル出たか」

という電話がじゃんじゃんかかってきたそうだ。

評判のお鮨屋に、白トリュフずくめのフレンチ。上海蟹シーズンの中華といったものを食べているうち、体重は記録を更新し続けた。

さすがにこれではまずい、と思っていたところ、ダイエット仲間のA氏に会った。私と彼とは、断食道場にも行った仲である。女性の私以上に、ありとあらゆることを試しているA氏。久しぶりに見たら、顔もお腹もすっきりしているではないか。

「ハヤシさん、僕は究極の痩せ方を見つけたんだ。何もしないで七キロ、すぅーっと痩せたんだよ」

「ウソー！　ぜひ紹介してください」

そこはサロンでもジムでもないという。

「お医者さんとこ。それはいちばん」

なんでもアメリカでいちばん流行っている方法だそうだ。錠剤を使うのだ。周りの人にさっそく言ったら、みんな知っていて、またびっくりだ。

「まさかヘンなのじゃないよね」

「まさか。お医者さんのところでもらうんだもの、安全だよ」

ということで、都内のとあるところのクリニックへ。まずここではお腹やウエストも測定された。そして体重も。

この時、私の心は石になった。この数字を人に見られても平気と思おうとした。そして先生から、外食の多さを指摘された。

「こんなことを毎日してちゃダメだよ」

確かにそのとおりだ。ふつうの人が一年に一回、行けるかどうかわからないような人気店で毎月食べている。しかもお酒はたっぷり。かなりの量のワインを飲んでいるのだ。

「ハヤシさん、ちゃんと痩せる気あるの？」

「あります、ありますとも！」

と誓ったら、お薬を出してくれた。

この薬を飲むと、食欲が失くなるというのだ。しかしとことんだらしない私。思う存分食べてから、まず一回めの薬を飲もうと決めたのである。

そして薬を飲み干し、三日もたった頃。ものすごく気分が悪くなってきた。ずーっと船に揺られている感じ。その夜はレストランでぶ厚いステーキを食べて寝た。その夜、猛烈な吐き気で目を覚ました。そしてトイレでゲー、ゲー吐きまくったのである。

どうやら大食をするとまずいことになる薬らしい。よって朝ご飯も昼ご飯も、本当にちょびっと食べることにした。しかし気分の悪さは変わらない。

次にクリニックを訪れた時、

「先生、一日中ずうっと気分悪くて吐きそうです」

と訴えたところ、

「その気分悪さがいいんですよ」

というお答え。

「気持ち悪くなって食欲を失くすんです」

しかしそれにしても、この気分の悪さは何？　ベッドに倒れ込んでしばらく寝てしまったほどだ。

しかし友人は言う。

「気分悪いぐらいなんだ。痩せるためにはそのくらい我慢しろ」

なんだか違うような気もしてくる。が、おかげでちょびっと痩せた私だ。

# 小顔の勝利

# 好きだから耐えるの

寒がりの私には、つらい季節がやってきた。黒タイツにババシャツはかかせない。そしてふだんはもっこりニット。ちょっと気を遣う場所だと、ジャケットを着る。

うちの夫は、私に関してまるで興味を持たない人間であるが、ある日、イヤーな顔で言った。

「どうしてそんな黒ばっか着るんだ。まるでいつもお葬式に行くみたいじゃないか」

「まぁ、何も知らないいんだから」

私はむっとした。

「いつも私が着てるのはジル サンダーっていって、おしゃれな都会の女性が着るブランドなのよ。ミニマリズムっていって、出来るだけ装飾をはぶいて、黒と白が基調だから仕方ないのよ。この黒のジャケットなんか、カシミアだからすっごく高かったんだからー」

「ジルだか何だか知らないけど、いつも黒のカタマリを着てるよ」

こんなおじさんに何がわかる。とにかく私はシンプルイズベストなんだ。黒を基調に、素材のうんといいものを着てるつもり。

が、今に気づいたことではないが、やはりつくづく思うことがある。

「おしゃれな人って、冬でもどうして薄着なんだ⁉」

このあいだファッション誌の編集長とランチをした。その時の彼女のいでたちは、ボウタイを結ぶ、白いシルクのブラウス。それに合わせてベージュのパンツ、靴はＰＲＡＤＡのシルバーであった。厚いニットを着ている私とはえらい違いだ。

「それって寒くないの？」

と聞いたところ、

「下にヒートテック着てますから」

と笑ったが、それでも私は不思議でたまらない。やはり若いからだろうと結論づけたが、つい先日、私と同い齢の友人が、ノースリーブを着て食事会に現れたではないか。

「それって寒くないの？」

と同じように問うたところ、

「そりゃ寒いわよ。でも好きだから」

ということであった。そうか、おしゃれのために耐えているんだ。

夜、華やかな場所で食事したり、お酒を飲む時、ジャケットというのはやっぱりイカさない。ノースリーブは無理としても、やはりシルクブラウス一枚で頑張りたいものだ。うんと上等の黄緑色のシルク、あるいは深いブルーとかピンク。私があああいうブラウスに憧れるのはもうひとつ理由がある。

ああいうものをピシッと着るには、クローゼットをちゃんとしておかなくてはならない。シルクのブラウスは、きちんと生きていることの証しである。クリーニングに出し、いつも綺麗な状態でハンガーにかけておかなくてはならないのだ。

が、世の中にはこういうことが出来ないだらしない人間がいる。はい、ワタシです。

一回シルクを着る。そして、

「もう一回ぐらい着てからクリーニングに出そうかなー」

と考えるうち、そのまま忘れてしまう。気づいた時は、クローゼットの奥からくしゃくしゃになって発見されるのである。

だからクリーニング済みの、白いシルクブラウスを見つけた時は嬉しかった。そう、ジル サンダーの、上からふわっと着るオーバーサイズのブラウスですね。とても高かったと記憶している。が、着そびれているうちに年月はたち、ネックのデザインがやや古いかも。私はこれを黒のプリーツスカートと合わせたのであるが、やっぱり寒い。そんなわけでやはり黒のジャケットを着てしまったのである……。この根性なし。

ところでさらに気づいたのであるが、冬は夏と違ってあまりワンピースを着ない。だからおしゃれ難度がぐっと上がる。思い出してみると、一年中ワンピを着ている女性って、美女のイメージだよね。

友人の中園ミホさんは、たいていカシュクール型のプリントのワンピ。そして溢れるような色気をふりまいている。

国際政治学者の三浦瑠麗さんは、たいてい花柄のワンピ。ややクラシカルな柄が、黒髪の三浦さんにぴったりだ。

四年ぐらい前に、ＰＲＡＤＡのワンピを買った。下はプリーツで、口紅のプリントだ。それが可愛かったのであるが、今の私にはちょっと派手すぎるかも。おととい、黒のカーディガンと合わせて着ていったが、やはりスカート部分が目立ったたっけ……。

そう、そう、おしゃれな人は、かなり寒くなるまでダウンを着ない。これも最近発見したことだ。みんな十二月の中頃までは、ウールのコートで街を歩く。

表参道とかだと、キャメルやグレイの長めのコートの裾をひるがえして、みんな歩いている。なかなかブーツを履かないのもカッコいい。

ダイエットもうまくいって、着なかったものが入る今日この頃。長いことプリーツがひんまがって着られなかったスカートもオッケー。しかしこれがぶ厚いグレイなんですね。

# スカッとする美女

女はみんなS女が好き！


物書きでよかったなーと思ったのは、このコロナ禍の中でも、あまり生活に変化がなかったということ。

もともと作家なんて、うちの中にひきこもっている仕事。私のように外に出てあれこれやっている人は珍しい。うちの夫なんか、しょっちゅう会食だ、お芝居だと出かける私に、

「少しはおとなしくうちにいられないのか」

と怒る。

それはともかくとして、物書きは基本地味ーな仕事で、収入も限られている。よっぽどのベストセラー作家でない限り、入ってくるお金はしれたもの。だからコロナでそう収入が減ることもなかった。

しかし世の中には、コロナで人生が狂わされてしまった人が何人もいる。

今、うちには某航空会社のCAさんがバイトに来てくれているが、コロナでほとんど仕事がなくなったそうだ。

「会社からもアルバイトをやってくれとはっきり言われました」

ということで、うちに来てくれるようになったのだ。ふつうだったら、制服を着てヨーロッパに飛んでいたものの、今じゃうちの事務所で雑用。本当に明日はどうなるのかわからない二〇二〇年であった。

そして昨年の暮れ、女四人でお芝居に行った。その帰りにホテルのバーでひっかける。四人のうちわけはというと、一人は脚本家、一人は某テレビ局の有名プロデューサー、もう一人は女優さんという華やかな顔ぶれ。

女優さんはそこそこ有名な人なのであるが、

「今年はまるっきり仕事がなかった」

と嘆く。こんなことは初めてだったそうだ。

「今の世の中、役者さんは本当に大変」

と言うのは女性プロデューサー。ドラマ担当だから説得力がある。

「CMやっている人以外は、本当につらいと思うわ。制作費はどんどん削られているし」

ちなみに収入がうんといいのは、帯番組持っているタレントさんだって。

多くの愚痴は語らなかったが、お酒を飲むほどに女優さんは荒れていった。そして大きな声で騒ぐ。どのくらいうるさかったかというと、二軒めの洋食屋で、

「あんたの声、大き過ぎるよ」

と、カウンターのお年寄りに注意されたぐらい。

しかし美人が〝大トラ〟になるのも、なかなかいいもんだ。キーキーわめくのも可愛い

といえば可愛い。女優さんというのはワガママなものだと承知している人たちばかりなので、誰も気にすることなく、最後までつきあってあげた。

そして次の日、明治座にお相撲さんが主役のミュージカルを観に行った私。まわしひとつで踊り歌う、若い男の子たちの姿は本当に面白かった。

しかしそれよりも、私の心をかきたてたのは、りょうさん扮する芸能プロダクションの女社長。りょうさんは元々モデルだから、その容姿の美しいことといったら。信じられないぐらい小さな顔に長い脚。カッコいい歩き方。何よりも、男をしょっちゅう怒鳴りつけるドSというのが素敵。

男性秘書がぐだぐだしていると、

「何やってんのよ」

とすぐにひっぱたく。

が、どこかのパワハラ女性議員と違うのは、M系の相手とわかってやっていることだ。苛(いじ)められた男はひいひい言って喜ぶ。

ミュージカルでのりょうさんを見るのは初めてであるが、演技はもちろん、歌と踊りがうまいのにはびっくりだ。彼女が出るたびに、女性客たちのかすかなため息がマスクの中をかけめぐる。

「この役は菜々緒さんもいけるかも」

菜々緒さんといえば、このあいだのドラマで、毎回水着姿を披露。といっても競泳用の水着でバシバシ泳ぐから少しもイヤらしくない。ただスタイルのよさにため息するのみだ。

「でも菜々緒さんって歌えたかなー。踊りはうまそうだけど」

菜々緒さんもドラマの中で、男性を何度かいためつけていたっけ。見ていて気持ちよかったなあ。

私が思うに、女性はみんなS女が好き。なぜならS女になるためには、すごいプロポーションと美貌が必要である。小さい時からちやほやされなくては、ああいう性格にはなれないはず。

そういえばテレビのバラエティで、ダレノガレ明美さんとか何人かのモデルさんが、演出上ちょっと意地悪な役をやっていた。みんな腕組みをして、薄笑いをうかべているのだが、その美しいこと、カッコいいこと。やはり美人は意地の悪いS女でなくてはならない。

ところがこのあいだ整形美女のヴァニラちゃんを見て感慨深いものがあった。外見はフランス人形のようになっているのに、心は変わらない。優しくて小心で、おどおどしているブスっ子そのまま。心までは整形出来ないんだとつくづく思う。

そこへいくと、S女は整形ぐらいじゃなれない。子どもの時からの体験がものを言う。生まれつき美女でなくてはなれないS女。だから女はみんな憧れる。男社会に刃向から戦士でもあるのだ。

# 反比例する顔

ファンの方から、いろいろなものを送っていただく。芋けんぴやドラ焼き、サーターアンダギーと私の大好物。太るものばかり。

ある日、昔からよく知っている方から、手紙と小さな包みが。

「マリコさん、私が以前からお話ししていた、究極の豚まんじゅうです。ぜひ食べてください」

箱の中には五個入っていた。さっそく一個を手にとる。そう大きくはないけれど、ぎっしりと中身が入っているという感じ。私はこういう時、絶対に電子レンジは使わない。十五分かけて蒸し器を使う。タイマーをかけてその楽しみなこと。お茶を用意し、小皿に酢醤油をたらす。

そしてタイマーの音を消しながら、蒸し器の蓋をとった。ふかふかの豚まんじゅうがちんと座っている。幸せ。

さっそく割ってみる。なんとウズラの玉子や、ブツ切りのチャーシューも入っている。

私は写真を撮り、食いしん坊仲間の友人に送った。箱に書いてある住所と共に。その豚まんじゅうの会社は、山陽地方のある都市である。

私よりずっと食い意地の張っているその友人は、さっそく電話をかけたそうだ。

「だけどマリコさん、注文を受けてから四ヶ月待ちですって！」

彼女は本当に口惜しそう。私は豚まんじゅうを持っていってあげようかと思ったが、コロナも心配だしやめておいた。そして毎朝、私だけが豚まんじゅうを食べるようになった。怖るべし、豚まんじゅうのカロリー。四日めにして、お腹のあたりがもたついてきたのである。

が、不思議なことが起こった。体はデブになっていくのであるが、顔はあきらかに小さくなったのだ！

その出来ごとは四ヶ月前にさかのぼる。私と似た体型のヒトがいるのだが、なんだか顔がスリムになったような。

「いったい何してるの？」

と尋ねたところ、とあるサロンを紹介してくれた。女の人が一人で小さな一室でやっている。マッサージで顔をひっぱってくれるのだ。自分の使用前使用後を写真で見ると、確かに小さくなったような。

「ハヤシさん、これからは毎週一回来てね」

と言われたが、ちょっと躊躇（ちゅうちょ）した。なぜなら料金がかなり高い。そしてもう一ヶ所、マシーンで顔を上げるところにも通っているのだ。どちらも合わせるとかなりの時間とお金を遣う。女優さんやタレントさんならともかく、じみーな物書きの私。この頃はテレビにだって出ない。

何度でも言うが、私ごときの顔に、こんなお金を遣ってはいけないと思ったのだ。

しかしその女の人は言う。

「ハヤシさん、今、顔が変わっている時だからちゃんと通ってね」

そして一本のムースをくれた。それは肌の奥深くまでしみて、脂肪を溶かしてくれるんだって。目の下にムースをたっぷり塗って寝ると、確かに弛みがなくなった。

さらに彼女は、自分でやる顔のひっぱり方も教えてくれた。頭皮をぐーっと両手で上げ、指を組んでそこでしばらくストップ。顎は手のひらを使って上へ上へと持ち上げる。

が、お金が高いので、一週間に一度を二週間に一度にしてもらった。

そして人々を驚かすある出来ごとが。私の小説がドラマ化されることとなり、ロケ地を訪れた。主役は大地真央さん、共演は今、ブレイク中の松本まりかさんである。

カメラマンは注文する。

「ハヤシさんを真中に、三人並んでにっこり」

あーら、気安く言ってくれるじゃないの。日本を代表する美女大地さんと、めちゃ可愛いまりかちゃんにはさまれて、写真撮られる女の気持ちわかります？　どうせ二倍ぐらいの大きさになってんのよ！

ところが週刊誌のグラビアを見て驚いた。他のお二人と比べれば大きいが、「単位が違う」

というほどではない。三つの顔が並んでいるのである。修整加えた様子もない。

「大地さんと並んでも、そうみっともなくなかった。びっくり。顔が上がってた」

と、何人かの友だちから連絡がきたではないか。

そして今月、別の週刊誌に対談ページが載っている。対談の相手は、あの知的美女、三浦瑠麗さんだ。私はもうはなから諦めていたといってもいい。

「どうせ私は、遠近法狂わせる女ですよ」

とふてくされてカメラの前に立った。

そして出来上がったページを見たら、あーら、奇跡が。あの小顔の三浦さんと並んで、そうひどいことになっていない。私の顔はあきらかに小さくなっているのである！

しかしよーく見ると、プリーツスカートがひろがって、横幅は三浦さんの二倍ある。そう、顔は小さくなったものの、体は変わらずアンバランスになっているではないか。

ところでアンアンの五十周年記念で、トロフィを持つ私の写真、すごいと思いません？

小顔の勝利か、修整の勝利か。

# 救われるタイツ

『野心のすすめ』なんて本を書いたから、多くの人が誤解していると思う。
私がすごーく根性あって、いつもがむしゃらに頑張る人間だと。
そんなことは全くありません。まぁ、仕事は生活の糧だし、他に取り柄がないから一生懸命にやるが、それ以外はボーッとしていたいタイプ。

体型見ればわかるはず。

トレーニングやって、食事制限して、絞りに絞ったカラダを持つ女性は世の中にごまんといる。そうでなくても、夜八時過ぎたら、絶対に固形物を口にしないとか、毎日走るとか、そういう人は私の周りにもいる。

が、私は違う。根っからのぐーたら。寝っころがってテレビ見るのが大好きだし、うちの中は散らかし放題。整理整頓、大嫌い。洋服は買ったそばから忘れるから、しょっちゅう買わなくてはいけなくなる。

こういう人間だから、いつも着たいものが出てこない。

「あれとこれをコーディネイトして」

と頭の中でわかっているが、いつも片っぽが行方不明である。

と、まぁ、いつもの愚痴を言って、ここでタイツ問題だ。

私のだらしなさは、タイツにあらわれているといってもよい。

それは十五年ぐらい前のことである。私はとある有名ファッションブランド主催の「今年のウーマン」に選ばれた。……間違い、「今年のウーマン」を選ぶ審査員に選ばれた。

選考にあがってきたのは、まだ若い学者さんとか起業家などである。つまり現代の知的ヒロインを選んでほしいということ。

このイベントは、スパイラルホールで行われた。審査員としてステージに立つ私。別にファッショナブルを競う大会ではないので、私もふつうのスーツで行ったと記憶している。

この時、私を見て部下に耳うちする女性上司。そして一足のタイツが手渡された。

「自社製品ですが、どうぞお穿（は）き替えください」

恥ずかしかったですね。

どういうことかというと、私の黒いタイツは、洗たくし過ぎて白い毛玉がいっぱいついていたというわけだ。

が、今もこの状況は変わっていないかも。毎週末、タイツやストッキングは、まとめてネットで洗い、そして干しておく。とり込む。くるくるとまとめて引き出しの下の方にほうり込んでおく。ここから私や娘が取り出して使う。

なにしろ二倍の頻度だから消耗も激しい。だから私はしょっちゅうコンビニやドラッグストアで、黒の四十デニールを買ってくるのである。

しかしそれでも、タイツはすぐにボロくなる。そして不思議なことに気づく。ちょっと前までは、ナチュラルストッキングというのは、ダサい、というイメージだったのに最近は違う。ファッション雑誌を見ていると、ロングスカートには、必ずといっていいぐらいナチュラルだ。

昔は黒タイツを穿いていればなんとかなった。なにしろ、夏でもこれを愛用していた人がいたぐらいだ。

しかし冬になると、どんなおばさんでも黒タイツを穿くようになった結果、こちらの方がダサくなったのは否めない。

それではおしゃれな人はどうするか。

パンツにナチュラルか、あるいはスカートにカラータイツですね。このカラータイツには法則があり、このあいだ某女性誌でも特集していた。ベージュ系の服にはグレイのタイツで、しかも三十デニールとか何とか。

私は新幹線に乗る前、よく大丸の一階に行く。そしてストッキング売場で、よーく吟味するのである。おしゃれなカラータイツが、デニールごとに並んでいる。

しかし当然のことながら、ブランドものは高い。一足千円ぐらいするものもざら。中には千五百円とか二千円というものも。

私はストッキングやタイツにはケチかもしれない。それは私の体型によるものだ。ストッキングはすぐに伝線するという運命から逃れられないのである。

恥をかいたのは、スパイラルホールだけではない。某出版社の受付の女性は私にそっとささやいた。

「ハヤシさん、伝線が。どうか私の予備をお使いください」

やや年のいったいい人だった。お礼にチョコレートをとでも思っているうちに、定年でやめられたのは残念であった。

そう、今はなき御茶ノ水のカザルスホールでも。案内の女性がそっと言ったっけ。

「あの、ストッキングが……。よろしかったら買ってまいりましょうか」

そう、私のだらしなさは、いろんな女性に救われていたのね。ストッキングは、そう女の団結の証しよ。昔は「青鞜社(せいとうしゃ)」っていうのもあったしね。

そういえば、最近もらっていちばん嬉しかったプレゼントは、ランバンのナチュラルストッキング一ダース。しかもＬＬサイズ。高いストッキングは自分ではなかなか買わない、という女性心理がよくわかっている。

贈ってくれたのは、八十六歳の女性だ。

# ノンストップ、相撲愛！

今日も仕事を早く終え、両国国技館へ。初場所のマス席が手に入ったと、中園ミホさんから連絡があったのだ。総武線両国駅で降りると、レトロな駅の構内に、ポスターやらいろんなものが貼られ、すっかり気分はお相撲に。

が、私がお相撲にハマったのは、そう遠いことではない。マス席や砂かぶりのいい席をもらったことは何度もあるが、正直言って「社交」という感じ。

マス席でのお弁当やお酒が楽しみだったのだ。今はコロナで席での飲食は禁止されているが、通常はマス席に座ると、これでもか、これでもかと食べ物が出てくる。マス席は狭いところに四人も座るので、とにかく食べないとスペースがつくれないのだ。

国技館名物の焼き鳥は本当においしくて、お酒によく合う。ビールだとトイレに行きたくなるので、熱カンを頼んで通っぽくグイ。お弁当もいける。男の人はたいてい、

「僕は食べないから、ハヤシさん持っていって」

と言ってくれるので、いつも二個か三個もらって家族へのお土産にした。夫は紙袋の中

に入っている、国技館のアンミツが大好物。アンコがたっぷり入っていて蜜が甘いのがお気に入り。

お酒は、担当のたっつけ姿の男性がいくらでも持ってきてくれる。こういう方々に、いかにスマートにお心付けを渡すかが大切なところ。素敵なポチ袋を用意して、さっと手渡すのが大人のマナー。

つまり席に座った時から、日本の文化は始まっているのだ。

そして番付を見ながら、お相撲さんのコンディション、ならびに成績を見る……などということを言うと、

「あら、アンタ、デブの男は大嫌いって昔から書いてこなかった?」

と言われそうであるが、確かにそうであった。

お相撲なんか、デブの男たちが取っくみ合いをするもんだと、ほとんど興味がなかったのである。

ところがいろんな偶然が重なった。まずはお相撲好きでお金持ちの税理士さんと親しくなったこと。この方がしょっちゅうチケットをくださるようになったのだ。

そして脚本家の中園さんと二人、たびたび行くようになったら、ある日彼女の知り合いからこんなことを。

「ハヤシさんと同じ山梨出身の力士がいるので、ぜひ応援してください」

中園さんはその力士を知っていた。整体の先生が一緒で、

「すごくハンサムで感じのいいお相撲さんよ」

テレビで見ても、国技館で見ても、本当にイケメン。やがて二人で彼の名入りタオルを握るようになり、部屋の後援会にも入るほどになった。

こうするうちに、人脈ある中園さんのところにも知り合いからチケットがくるように。彼女は必ず私を誘ってくれる。というわけで、いつのまにか私たち二人は、スー女の道をたどるようになったのだ。

二人で土俵下の砂かぶりの席にいたりすると、とても目立つらしい。

「西郷どんコンビが来てる」

とツイッターでも言われるようになった。高須クリニックの高須院長とサイバラさんのカップルと隣り合わせになったことも。

夫には仕事だ、と嘘をついて九州場所を観に行った時、私たち二人の姿がばっちり映っていて、後で怒られたこともある。

そしてコロナ禍でも、私たちの相撲愛は変わらない。このあいだは「相撲道」というドキュメント映画を観た。お相撲は本当にすごい、とつくづく思ったものだ。体重百数十キロの男たちが、本気でぶつかり稽古をしているのだ。

「毎日交通事故に遭っているようなもの」

とインタビューで答えていたが、そのとおりだろう。

さらに、お相撲さんがいっぱい出てくるミュージカルも観に行った。裸にまわしだけの若い男の子が、歌ったり踊ったりするから面白くないわけがない。しかしカラダが生っちろい男の子たちがまわしをつけると、なんかイヤらしいですね。

そこへいくと力士たちは、鍛えに鍛えているから全身が筋肉。知らない頃はデブ、なんて思って失礼しました。

時たま、ものすごーく肉がぶよぶよしている人もいるし、思わず顔が赤くなってしまうぐらい〝爆乳〟の人もいる。だがひとたび取組になると、ももや腕がぴーんと張られ、筋肉が波うつ。カッコいい。

私はお相撲を愛するあまり、お風呂上がり、パジャマをはだけ、わが腹を、バシーン、バシーンと叩くようになった。力士が土俵にあがってするアレ。われながらものすごくいい音がするのが悲しい……。

娘なんか、

「いよっ！　大関」

なんて声をかけてくる。

# カラダの固さ、第二位！

「ハヤシさんぐらい、カラダの固い人を私は見たことがない」

ある日ジムでパーソナルトレーナーさんに言われた。ストレッチをしても、ほとんどカラダが動かないとか。

「私のクライアントさんで、ハヤシさんがカラダの固さ二位ですね」

「えっ、それじゃ一位は誰なの」

と聞いたら教えてくれなかった。

そうしたらある日、ジムで顔見知りのA子さんにばったり。なぜか笑って、

「ハヤシさん、一位の座は譲りませんよ」

彼女はクォーターなので、プロポーションばつぐんの美人。こんな若い綺麗な人と競うのもいいかなぁーと、例によって自分のいいように考える私。

確かに昔から私はカラダが固い。

やわらかさを確かめるため、床に足を伸ばし、上半身を前に倒すテストをすると、ぴくりとも動かない。

確かに私は固い

「ふざけないでちゃんとやって」

と何度言われたことであろうか。

反対に、上半身を起こすポーズをやっても、腹筋がないのでぴくりとも上がらない。

「ふざけないでちゃんとやって」

と、ここでも言われることになる。だけどカラダが固くてなんか悪いワケ？

別に新体操やるわけでもないし……。

などと居直っていたらトレーナーは言う。

「ハヤシさん、カラダが固いと筋肉が動かない。筋肉が動かないと、運動しても痩せませんよ」

そんなこと急に言われてもね。

こんな固いカラダが、そんなにすぐに直るわけもないし。

そんなある日、顔のマッサージをしてくれるB子さんが言った。

「ハヤシさんの家の近くに、素晴らしいストレッチ専門サロン見つけたんですよ。ぜひ行ってください」

チラシをくれた。私の住んでいる町の駅前。うちから歩いて五、六分のところだ。

「へぇー、こんなところあるんだ」

そう興味を持ったわけではない。

ストレッチマッサージは、時々ジムでやってもらっているし……。

ところがB子さんは、私が彼女のサロンに行くたびに、

「ハヤシさん、もう行きましたか」

かなりしつこい。

「カラダがぐーんと伸びて、本当に気持ちいいです。ぜひ行ってください」

その頃、私はかなりひどい肩こりに悩まされるようになっていた。

物書きという仕事柄、肩こりのことはよく聞かれるのであるが、今まではつらい思いをしたことがなかった。しかしヘアサロンなどではびっくりされる。シャンプー後、サービスで肩をもんでくれる若い男性なんかが、

「わー、ウソ。鉄壁みたい」

と驚く。なんでもあまりにも凝り固まった結果、肩こりという自覚がないんだと。

「別に自覚ないならいいじゃん」

とズボラな私は考えていたのであるが、やはり最近、肩にどっしりと重りをのせたようなつらさが。

そんなこともあり、B子さんお勧めのストレッチサロンを予約した。

二日後、ジャージーのパンツを持っていってみると、そこはマンションの一室。女性が一人でやっていた。

びっくりだ。まるで拷問器具みたいなのがズラリ並んでいるではないか！

足に重りをひっかけ持ち上げる。手を固定したままぐるぐるまわす。そんなことを一時

間。いつもの気持ちいいマッサージとはかなり違う。

「私はB子さんから、ハヤシさんのことよろしくって頼まれてるんです」

と、そこのトレーナーさんは最後に意外なことを言う。

「カラダが固いと、いくらマッサージをしても顔が上がらないそうです」

あーら、そうなの。

「でもB子さんは、私の顔しか触れていませんよ。私のカラダが固いって、どうしてわかったのかしら」

「そんなのすぐにわかりますよ。肩とかちょっと触れただけで」

カラダが固いと首も垂れてくる。よって顔も垂れてくるそうだ。

そーか、B子さん私には言いづらかったのね。だからこのストレッチを紹介したのね。聞いた時はややムッとしたのも本当。しかし彼女にそんなに気を遣わせた私がよくない。

その日から私はテレビを見ながら、カラダを動かすようになった。肩をぐるぐるまわして、通販で買ったバンドを使いぐーんと伸ばす。

それからテレビの棚に片足を乗せ、カラダをぐーんと左右に伸ばす。ほとんど動かないけど、自分では伸ばしているつもり。高ーいお金出してマッサージしてもらい、効果ないなんて悲し過ぎるものね。

# 摩訶不思議…

お籠もり期間はビューティー期間。

今こそせっせとダイエットをして、スキンケアをして綺麗になりましょう！

なんて言ってたのも、昨年の話。コロナ禍がもう一年以上続いたら、誰だってやる気をなくす。

そりゃあ、頑張ってエクササイズする人はいっぱいいるが、そういう人はコロナが流行る前からきちんとしていた人たち。

私のようなだらしない人間は、もう流れるまんま……。週に二回、ジムでパーソナルトレーナーについてもらうが、それ以外は何もしない。うちにいて、お菓子食べながらテレビ見てるか本を読んでる。お腹にはぶくぶく肉がついて取れない。

しかしお肌の方はちゃんとやっている。これはベッドに寝てれば、ヒトさまがやってくれる。気持ちいいし。

しかも最近、画期的なことがあった。昨年の夏、マスクをしていたのをいいことに、全

マスクについても
口紅つける。

くメイクをしていなかった。陽灼け止めクリームも塗っていなかった。そのおかげで、頬に十円玉ぐらいのシミがばっちりというのはお話ししたかも。

あれこれ手を尽くし、もうレーザーしかないかと諦めていた時、高周波で顔を上げてくれているA君が、

「これ、うちでつくったんですが、一度使ってください」

と化粧液をくれた。そう期待しないで使ったところ、三日でほとんど見えないほど薄くなってしまった。びっくりだ。

このA君というのは長身のイケメン。最近一緒にお酒を飲む機会があり、彼のプロフィールがわかった。彼は単なるサロンの経営者ではなく、幾つかのマシーンや化粧品を開発、販売する社長さんだったのだ。彼が海外で買いつけてきたマシーンは大ヒット。いろいろなクリニックやサロンで使われている。ものすごいお金持ちになったらしい。とても性格のよい青年で、

「ハヤシさん、そろそろ結婚したいんで、誰か紹介してください」

と頼まれた。よし、本気で探してみるか。

ところで、今、化粧品が売れなくて、化粧品会社は大変な苦戦をしいられている。たまにデパートへ行くと、感染防止のために、ロープが張られ、売り場も全部ビニールで覆われているものものしさ。「一人ずつ売り場エリアにお入りください」なんていうところもあるし、あれを見ると近づきたくなくなる。マスカラぐらいはドラッグストアで買

おうと思う。マスクにつくのが嫌だから、口紅はグロスだけで済まそうと考える。

しかしそういう心がけが、シミをつくったのだと、ちゃんとメイクをしようとこの頃心を入れ替えた。まずはファンデから買いに行かないと、恥ずかしながらリキッドが固まってる……。

銀座に出たついでに、デパートの化粧品売り場に行ったら、昨年よりずっとにぎわっているではないか。ロープもなくなり、ビニールも消えている。店員さんとの間のアクリル板ぐらい。そこでファンデと春の新色のリップスティックを買った。いいなぁー、春の口紅。女のたしなみだ。

たしなみといえば、化粧品業界は大変らしいが、美容業界は全くそんなことはないようだ。マスクで隠れている間に、整形やプチ整形する人もいっぱいいるというし、テレビショッピングも大にぎわい。

テレビショッピング……、それは私にとって摩訶不思議な世界である。美魔女が大活躍するところ。もちろんちゃんとした人も多いでしょうが、中にはあやしげな人もいる……。

いや、いや、あやしげ、というのは、私だけの印象ですが。

このあいだチャンネルを変えていたら、懐かしい人の顔が出てきてびっくりした。

詳しくは言えませんが、バブルの頃、そこそこマスコミに出ていた人。何をしていたかも言えませんが、仕事ぶりよりも彼女を有名にしていたのは、今でいう〝パパ活〟のすごさ。自分の稼ぎでは絶対にあり得ない贅沢な生活をしていて、それを見せびらかしていたっけ。

私と仲のいい編集者が一度取材に行き、びっくりして帰ってきた。窓から東京タワーを見せて、

「私の誕生日には、彼が東京タワーを、私の好きな色に染めてくれるのよ」

と自慢したとか。

何十年ぶりかにお見かけしたが、確かにまだ充分に美しかった。この美しさは、自分が開発した化粧品のおかげだって。いつのまにこんなこと始めてたんだ!!

「まぁー素敵！　この○○を使えば、社長のような美肌も夢じゃないんですね！」

司会のかん高い声に、微笑んで頷く彼女。そこには、自分の美貌で長年世の中を渡ってきた女の人だけが持つ、自信と貫禄に溢れていた。

もうとっくに消えたと思ってたのに。テレビショッピングという世界が、彼女をまた花開かせていたんだとしみじみ。

綺麗になるために、女性はお金を惜しまないと本当に思う。この私もそう。しかしなぜかスキンケアの方にだけ使ってしまった。これからは〝コーティング〟の方も頑張りましょう。

# さて、何着よう？

山口百恵さんの最後のコンサートが、ＮＨＫで再放送された（二〇二一年一月）。

私もちらっと見たが、百恵さんって本当に大人っぽい。まだ二十一歳だったなんて信じられない。今の同じ年頃の女優さんやタレントさんと比べてみればよくわかる。

しかしもっと私を驚かせたことがあった。

衣装がひどいんだ。ダサいなんてもんじゃない。

最後の白いドレスはまあまあとして、最初に着ていたドレスなんかキラキラ安っぽい。一メートル三百円でユザワヤで売ってて、文化服装学院のコたちが、卒業制作に使いそう。そのうえに同じ布の髪飾りのお花をつけてる。

これが四十年前のトップスターの実情だったんだ。

男性タレントも、今見ると「えー！」と思うようなものが多い。そこへいくと、今の芸能人たちのおしゃれなことといったら……。衣装の進歩といったらすごいものがあるのだ。

百恵ちゃんと同じように「歌姫」といわれる人たちは、売れてくるとどんどんゴージャスになるが、それもいい感じ。全盛期のあゆのドレスなんて素敵だったし、安室ちゃんの時代の先端いってる衣装もカッコよかった。

アーティスト系の人たちは、自己主張があるから、リアルクローズもひと筋縄ではいかない。私は菅田将暉（すだまさき）さんの大ファンであるが、彼は歌う時はかなりトガった格好になる。ドン小西さんも、「こりゃ何だ！」とファッションチェックのコメントに困るようなもの。

最近私がよくわからなかったのは、あいみょんの衣装ですね。彼女なんかいまいちばんの売れっ子だし、センスだっていいはずなのに、なぜかダボダボの茶色のジャケットとパンツを着て歌っていた。

「わからん……」

私は首をひねる。そういう大人は多かったらしく、週刊誌のコラムにも、

「あいみょんの寅さんルック」

と書かれていた。そう、インナーをもっと露出の多いものにすれば、「男はつらいよ」のあれになるのだ。

しかしあいみょんのことだ、何か理由があるに違いない、とテレビを見ていたら、

「今、これがいちばんカッコいいんだよ」

大学生の娘が教えてくれた。

「茶のセットアップって、いまいちばん流行ってるんだよ、ほら、このコも」

同じ番組に出ている歌手を指さした。確かにベージュのジャケットとパンツ。ふーむ、わからん。

しかしこれは昨年末のこと。今は変わっているかもしれない。

ところでコロナのせいで、イベントが少なくなり本当に残念。なぜならいろんな授賞式や映画の公開日、女優さんたちはうんとおしゃれしてステージに立つからだ。

女性誌のグラビアはこぞって特集を組む。

「花模様がきてる」「ピンクがトレンド」というのを、私たちは芸能人の方々のドレスで知るわけだ。

ある時、女優さんのドレスがZARAであった。私はかわいいと思ったのであるが、ファッションチェックする専門家は、

「こういうものこそ着こなしがむずかしい」

とばっさり。

「ハリウッドのような女優なら、あの体型で〝遊び〟で着こなせるが、彼女のようなきゃしゃな体つきでは無理」

だと。なるほどなあ。わかるような気もする。

私たちの年代だと、ファッションリーダーはやっぱりユーミンであろう。とにかくありとあらゆるブランドを着こなして見せてくれた。バブルの頃、「街の水着」と称されたぴっちりドレス、アライアもユーミンによって知ったのだ。

あの頃は「お金がある」ということはイコール、ファッショナブルへの近道であった。なぜなら高価な海外ブランドを次々と買えることは、とても大切なおしゃれの要素だったんだもの。

が、今の若い人たちは、海外ブランドにそれほどの憧れを持たない。高価なそれは、中国人かお金持ちの一部の人が買うものだと思っている。確かに、通販やファストファッションで充分におしゃれ出来るものね。

そうはいっても、売れてる芸能人には一流のものを着こなしていただきたいと思う私。GUCCIのドラえもんシリーズ、誰が最初に持ってくれるのかわくわくしてる。

ところで、スターの話の後で恐縮であるが、近々お派手なイベントで、プレゼンターをすることになった。売れっ子の女優さんも一緒だ。

さて何を着るか。このあいだのアンアンの授賞式にはヨウジヤマモトのドレスを買いましたが、同じものは着られない。頭を悩ませているが、なんという楽しい悩み。芸能人ってしょっちゅうこんな風に悩んでいるんだね。いいな。

# 再燃の予感…！

コロナはすぐに収束しそうもない。

私たちはもう一年以上も頑張ってきたけれども、あと二、三年はこんな日々が続くという予測。

かなり滅入ってしまいますよね。

私はコロナをのり切るために、いろんなことをした。仕事もいっぱいしたし、もちろん読書にふけり、ＮｅｔｆｌｉｘとＤＶＤを見続けた。友だちとはたまにＺｏｏｍ飲み会も。

最近はやっと外に出られるようになったけれども、まるでゲームのようなシバリがある。食事する人は四人までで、お酒は七時まで、そして八時には帰る。

このあいだ大相撲を見た帰り、ここなら大丈夫かもと、ホテルのコーヒーラウンジに行った。ホテルなら閉店時間が遅いかと思ったら、そんなことはない。友人が車でまごついた結果、六時四十分にホテルに到着。

「アルコールは七時までです」

と言うので、酒好きの友人は、

ナイスショット！

「ワイン、グラス三杯持ってきて。それからビールも」

と叫んでたっけ。

メニューを見るのももどかしく、

「とにかく前菜とサラダ、それからポークカツレツ。カツレツは三人で分けて食べますから」

とオーダーし大急ぎで食べまくる。

しかし私たちは外で食べられただけ幸せだったかもしれない。仕事が夜遅い人は、コンビニで買い、近くの公園で食べるとニュースで流れていた。お腹が空いて、とてももたないからだそうだ。

気の毒だなあ。居酒屋さんやラーメン屋さんが早く閉まってしまうから行くところがないらしい。

こういう時、メンタルをふつうに保つというのはとても大変なことだ。私は小さなことでイライラし、ずーっと不機嫌になった。

こんなことではいけない。いつも前向きの明るい私。そう、コロナ禍だからこそ新しいことを始めなくては。

そして本当に久しぶりに思いたったのがゴルフ。

私は結婚前、ちょびっとゴルフをやっていた。コースにも何度か出た。が、そのたびごとに、

「なんて遅いんだ」

と皆からブーイング。初心者はとにかく迷惑をかけないように、動きを早くしなくてはならない。球を追って走る、走る。ゴルフ場はうまい人なら、ゆったりと楽しく歩くところであるが、初心者は走らなくてはならないということをつくづく知った。それなのに、一緒に行った人からは、

「もう二度と行きたくない」

なんて言われ、揚げ句の果ては、

「もっと体重落としたら」

なんてことも。だからゴルフは嫌いになってしまった。

友人たちと旅行に出かけても、ゴルフをしない私はホテルでお留守番。楽しいよーと言われても、きっぱりと断った。

が、仲よしの友人が、やはりコロナをきっかけにゴルフをやり始めた。

「すごくいい先生見つけたから、一緒にやりましょうよ」

と誘われたのである。

このところは週に一回くらいレッスンを受けている。グリップの握り方も忘れていたからそこからスタート。

とてもいい先生で、

「あと二ヶ月やったら、コースに出ましょう」

と言ってくれた。コースか……。またイヤな思い出が甦える。走りに走ったあのゴルフ場。

私が始めた頃はちょうどバブルの頃だったので、ゴルフの会員権の値段もウナギのぼり。知り合いのおばさまから、さる名門クラブを勧められたが、その値段を聞いてのけぞった。億を越えていたからである。

もちろん買えはしなかったし、その後すぐにゴルフから遠ざかったわけだ。が、私には予感がある。凝り性の私は、一回それにハマると、後先考えずに夢中になるということ。おそらく仕事をほっぽり出し、練習場に通いつめるに違いない。

そういえば昔、カナダのバンクーバーでやったゴルフは楽しかったなあ。あちらのパブリックコースは、服装にもうるさくないし、子どもも遊び半分でやっていたっけ。緑の中のナイスショットの爽快感。

さて私のゴルフ再開であるが、ものすごく周りの男性たちから喜ばれた。マガジンハウスのテツオなんか、

「いいじゃん、いいじゃん。早く行こうぜ」

他の人たちも、

「やっとハヤシさんとゴルフ出来るね」

だって。

「私ってやっぱり人気者なのね。皆早く一緒にやりたいって言ってるのよ」

と夫に自慢したら、

「キミと実際コースに出たことがないからだよ。友人失いたくなかったら、もっと練習してから行きなさい。それから絶対に車で送ってやらないよ。自分で電車で行きな」

だと。

夫は嫉妬しているに違いない。ゴルフは男性に囲まれ、ちやほやされる唯一のスポーツなんだもの。

# アートからのエール

最近成功した人は、たいていアートコレクターになる。

バブルの頃は、みんな印象派だのゴッホだのわかりやすいものを買っていたが、今はコンテンポラリーアートだ。

バスキアなんて聞いたことがなかったけれど、元ZOZO社長の前澤さんが百二十三億で買った、ということで有名になった。

正直言って、美大生の描いたラクガキみたいで全くわからない。でもコンテンポラリーアートが好きというと、ちょっとわかっているなー、センスいいなー、ということになる。

たいしたものは買えないけれども、私は昔から絵を切らしたことはない。独身の頃も、エッチングとかリトグラフを部屋に飾っていた。スーパーリアリズムの小品は階段の傍に。

今うちの自慢は、かなり大きな奈良美智さんの作品。居間にかけてある。

今から二十年以上も前のこと、奈良さんが初めての画集をお出しになった。それがとて

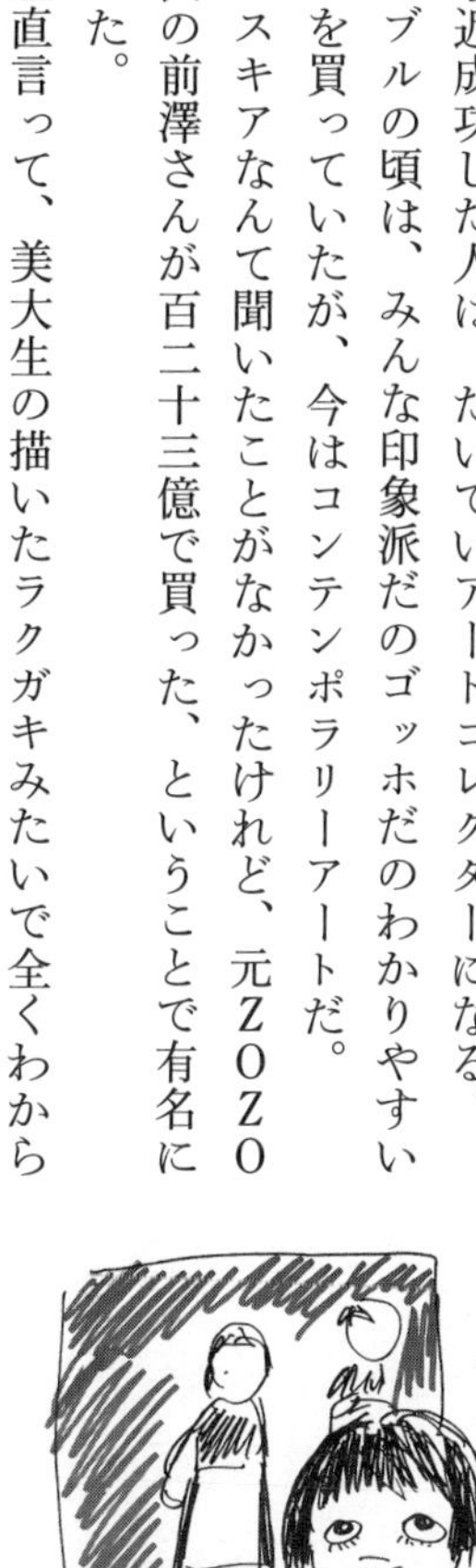

も可愛くて彼の絵を欲しいと思った。当時は奈良さんもまだデビューしたばかりで、画家というよりも、イラストレーターという立ち位置だったと思う。吉本ばななさんの本にも使われていたはず。

その画集を出した編集者はよく知っていたので、彼女を介して、

「女の子の絵が欲しい」

とお願いしたところ、さっそく描いてくださったのだ。私は一人のつもりであったが、なんと四人も描かれ、とても大きなものが届いた。料金は申しわけないような安さであったと記憶している。その話をすると、

「すごいじゃん。今、いくらすると思ってるの!?」

と皆が興奮する。

が、私は絵をマネーゲームのひとつと考えたことはないし、将来も売るつもりはまるでない。それにその奈良さんの絵は、キャンバスではなく、ケント紙に描かれたもの。たぶん、今もそれほど高価なことはないと思う。

ところで二十年前、家を建てた時、応接間を真白な漆喰（しっくい）、真白なカッシーナのソファでまとめた。床も白い大理石。絵がものすごく映える空間だ。散らかってなければね。

あまり考えずに、とにかく大急ぎで絵を買った。有名な画廊でフランスの画家の絵を二枚買い、並べて飾っておいた。やさしい色彩の静物画である。そう、私の写真の背景によく出てきたあの絵ですね。

しかし二十年もたつと、次第に飽きてきた。もっとエッジのきいた、迫力ある絵が欲しくなったのである。

そのため近くに行ったら、よく青山や、銀座のギャラリーに寄るようになった。

「新進作家七人展」

などと名づけられた企画展なら、そのためだけにも行くほど絵を探し続けた。

若い日本の女性画家の描いた、幻想的な絵を購入しかかったこともある。が、友人の言葉が甦った。

「絵は明るい方がいいよね。陽ざしの入る部屋なら、綺麗な強い色の方が元気出るんだよ」

そうだよな……、この黒が基調の絵なら、気が滅入ってしまうかも……。

そんなある日、ホテルの中にあるギャラリーをのぞいたら、一枚の絵がとびこんできた。なんて素敵なの！　アクリルで出来ていて、スマホを持つ若者、歩いている少女が太い線でいきいきと描かれている。ひと目惚れだ。

値段を見た。高いけれど無理すれば買えないこともない。

私は中に入り、その絵のことをいろいろ聞いた。今、ヨーロッパでものすごく人気のある画家で、このあいだ日本でも大きな展示会があったと。

私のための絵だと直感した私は、そこで手をうとうとしたのであるが、いったんうちに帰り、詳しい友人に相談したところ、

「その画家だったら、直接取り引きしているギャラリーがあるはず」

ネットで調べて電話をした。ギャラリーのオーナーは若い女性であった。幸いなことに私の本を読んでくれていたらしい。

最近の作品はものすごく人気があり、もうアクリルタイプは、日本には一点もないということであったが、彼女はとても頑張ってくれた。私のウィキペディアの英語版を、作者本人（五十代）に送ってくれたのである。そして最近いただいたギネスの記録がきいて、ご本人が手元にあるものを、譲ってくれることになったのだ！

それがおととい、わが家に届けられ、職人さんの手によって設置された。感動した。部屋がまるで変わったのだ。壁から強力な光が出ている。私に「ファイト！」とエールを送ってくれているみたい。

たまたま着物を着る用事があったので、訪問着姿で絵の前に立つ。この写真とお礼のメッセージをギャラリーをとおして、作者に送った。

そうしたら「ラブリー！」と。たぶん着物が珍しかったんだね。モデルになってもいいですよ……。

# うきうき春色

ストレッチのために銀座へ。

その日はヘアサロンに行くひまがなく、自分でブロウしたので髪がパッサパサ。私はものすごくドライヤーを使うのがヘタ。プロ用のブラシを揃えても、やっぱりヘタクソで髪が悲惨なことになるのだ。

そんなわけでタクシーで行くことにした。

「終わったら、すぐにタクシーで帰ればいいもんねー」

こんな髪のまんまで銀座を歩きたくない。マスクをしていても絶対にイヤ。しかし最近私は、よく約束のミスをする。二時に行ったら、二時四十分の間違いであった。

じゃあ、仕方ない、と時間つぶしに四丁目に向かった。

その日は春というよりも初夏という陽気で、みんなコートを脱いで歩いてる。が、私は脱げない。すぐにジャージに着替えるつもりで、安物のダサいニットを着ていたから。

デパートのウインドウに映るのは、冬の黒いダウンを着た、髪がパッサパサのおばさんよ。こんな小汚ない人、銀座を歩いてない。目的地まで行き帰りタクシーのつもりで、思

いっぺんに春!!

いきり手を抜いてたのがまずかった……。

とにかくデパートに入り、力なくエスカレーターに乗る。二階、三階と……。そして私の目に飛び込んできたのは、ピンクやブルー、赤の思いきり綺麗な色。あら、イタリアブランドの〇〇〇の売場ではないか。昔はよく着たけど、今の私にはまるで縁がないわ……。

と思いながら、ピンクのショートコートを試着したらめちゃくちゃ可愛い。前をリボンで結ぶベージュのカーディガンも素敵。ついでに白いシャツも買う。こんなに買ったの久しぶり。

いつも着ているブランドは、黒と白、グレイが基調。こういう明るい色を着るのも何年かぶりだ。

「ちょっと待って」

私は店員さんに言った。

「こっちのピンクを着て帰るから、黒のダウンを紙袋に入れてください」

ピンクのコートを着て歩く銀座はまるで違っていた。うきうきしているのが自分でもわかる。髪は残念だけど、こんな素敵なコート着ている人、めったにいないと胸を張る。

ワクチンも実施され、コロナがやや下火になっていく中、人は明るいもの、明るいものへと向かっていくような気がする。

綺麗な服を着たくなるのもそのひとつ。このあいだのショップの店員さんは、ぱーっと抜けるようなブルーのワンピを着ていたが、それが今も目に焼きついている。あんな色を着たいな。

その前に髪をカットしなきゃ、ということで青山のサロンへ。バサッと切ってもらいカラーリングもしてもらった。春を迎える準備を着々と進めている私に、素敵なＬＩＮＥが。

「そろそろ会おうよ。ご飯を食べようよ」

年下のイケメン元ラガーマン。

「いつものメンバーでさ」

とつけ加えられるのがナンであるが、とにかく一年ぶりでお食事会が設定された。といってもまだまだ油断は出来ない。換気のいいところで五人までね。

「いい男に囲まれて、ご飯食べるのなんて久しぶり。本当に嬉しい」

とＬＩＮＥしたら、そのお調子者の彼は、

「マリコさん、相変わらず胸でっかいの？」

だって。

このセクハラ！　バカ者！　こんなおばさんに向かって、と叱りたいところであるが、教養ある私はそんなことはしません。ひと呼吸おいて短歌をおくった。

「しのぶれど身は明瀬山（あきせやま）、たらちねは胴と同じになりにけり」

これはわかる人にはものすごくわかってもらえると思う。

ここんとこお相撲が大好きになり、毎場所国技館へ通っている私は、一人の力士に目が釘づけになった。

「こんなのありなの!?」

体が弛んでる、なんてもんじゃない。お相撲さんというのは、鍛え抜かれた筋肉によって皮膚がぴんと張っているものであるが、その明瀬山は体全体に締まりがなくぶよぶよしている。お腹なんかまわしの上にのっかっていて、まるで自分のカラダを見ているみたい。胸も垂れに垂れ、がくんと下に落ちているのだ。

しかしこの明瀬山、なんだか強くて六連勝した時もある。再入幕したばかりであるが、人気もどんどん上がってきた。そして私はいつしか、

「身は明瀬山」

というフレーズを多用するようになったのである。おいしいものに誘われたとしても、

「こがれども身は明瀬山、焼き肉のにおいのみにて帰らんと思ふ」

なんて。そして元ラガーマンへの返事に、明瀬山の写真をつけたらこれがバカ受け。ますます腹も立つが。

そう、そう、中瀬ゆかりさんは、このあいだ古市君から「中瀬山」と呼ばれてむっとしていたっけ。

とにかく明瀬山は私たちの間で大ブーム。〝明るい〟という文字が入っているのもいいですよね。

# パンツ強化宣言

最近始めたゴルフのレッスンが、楽しくて楽しくてたまらない。

本当に久しぶりなので、クラブの持ち方も忘れていたけれど、飽きるまではとことんやる私。週に二回は行くうちに、次第に飛ぶようになってきた。

レッスンを受ける時は、動きやすい格好で、ということでスニーカーを履く。そしてアディダスのジャージパンツ。これはジムに行く時と同じもの。

しかしジムと違い、レッスン場には着替えルームがない。トイレで着たり脱いだりすることになる。狭いトイレで、床に触れて着替えるかと思うとすっかりイヤになり、ジャージは脱がずそのままスカートの下に。フレアスカートだから、裾が見えてもそうおかしくないような気がするけど……。よく若い人がこんな着方をしているよね？

が、やっぱり恥ずかしくて、そそくさとタクシーに乗ってしまった私。

この頃パンツについてよく考える。それはストレッチをやってもらっている人から、

おしゃれな若い人はデニムはかない！

「ハヤシさんは腰の位置が高いんだから、パンツを穿けばいいのに」

と言われたから。

しかし、私はパンツが大の苦手。なぜかというとウエストあたりにたっぷりお肉がついているし脚が太い。ヒップが垂れている。たとえ本当に腰の位置が高かったとしても、マイナス点が多過ぎるのである。

このあいだ久しぶりに、オーバーサイズのニットにデニムを組み合わせたら、あまりにもイケてなくてぞっとした。たとえ普段着でも、こんなヘンな格好をしているのはイヤ。体型が崩れてくると、デニムはとたんにビンボーたらしくなってくる。

ずっと昔のことだ。女友だちと二人でパリに買物旅行に行き、ホテル・リッツに泊まった。まだ世の中はバブルの頃で、そんな贅沢も出来たわけ。

私よりいくらか年上の友人は、確かに痩せていてプロポーションもまあまあ。彼女はそれが得意だったらしく、毎朝、デニムで現れる。いや当時はジーンズと言った。そして私に自慢する。

「おじさんたちがみんな言うのよ。ジーンズ穿くなんてすごいね。似合うよ。うちの女房がジーンズ穿いてるのなんて見たことない」

「それはいいけどさ、やっぱりリッツのロビイにジーンズは似合わないと思うよ。無理に穿くことないじゃん」

何を言いたいかというと、当時の人たちにとって、デニムイコール若さで、それはとても素敵なアイテムだったのである。

そのため、今もかなり年いった私の友人たちは、革ジャンにデニム、といった格好をする。しかもダメージジーンズ！

「イタいと思う時もあるけど、この年でデニムを着こなそうと思う精神、すごいと思うんだ」

とアンアンの担当のシタラちゃんに話したところ、

「ハヤシさん、今の若い人はあまりデニム穿きませんよ」

「えっ」

「今、量販店ではサイズがすごく豊富になって、中高年の人たちもデニム穿きますよね。いつのまにかおじさん、おばさんのものになってるから、若い人はデニムから遠ざかってしまいますね」

確かにそういえば街でもあまり見かけない。うちに送られてくるファッション誌のグラビアを見ても、デニムとのコーディネイトはほとんどないかも。

今、ユニクロのCMで綾瀬はるかちゃんがデニムを着こなし、ものすごくカッコいい。ああいうのを見ても、心を動かされないんだろうか。

若い人はたいていテーパードパンツ、やや年上になると生地のいい麻やウールのパンツになる。形もいろいろ。

ともかくウエストマークをしたパンツ姿というのは本当に素敵。スタイルがそんなによくなくてもカッコよく腰が高く見える。が、私の場合、トップスで腹部を隠そうということばかり考えるので、パンツがイケてないのであろう。

それでも春に向けて白いワイドパンツをぜひとも購入しようと思う私である。コロナ禍でマスクしているうちに、次第にくすぶってくるのがわかる。緊急事態宣言が延長され、イケメンアスリートたちとの飲み会が中止になってしまった……。あんなに楽しみにしていたのに。

そんな時に若い友だちが、トム フォードのアイシャドウをくれた。いちばんの流行色のオレンジだ。彼女からつけ方のテクをばっちり教えてもらったのに、何か似合わない。オレンジは、ぱっちりと目の張った若い人のものかもしれない。しかしそうかといって、流行にまるっきり乗れないのも口惜しいではないか。工夫した結果、黒のアイライナーにブラウンのラインを重ねるとまあまあ見られるかも。

たぶんデニムはもう穿かないと思うけど、白いワイドパンツは挑戦するつもり。そう「腰が高い」という、ほめ言葉を心の支えにして、オレンジの目元になって。

# 泣いちゃいました

劇場がとにかく大好きな私にとって、昨年は本当につらかった。なにしろほとんどの公演が中止や延期になってしまったのである。チケットを買ったものの、払い戻しになったものさえあった。Ｎｅｔｆｌｉｘや、いろいろなビデオを見まくったけれど欲求不満は残る。ちゃんとこの目でライブを見たいと、本当に心から思った一年間。しかし演る方はもっとつらい。

私の友人の女優さんなど全く仕事がなくなったそうだ。お芝居の予定が幾つかあったのにとんでしまった。彼女はまだ貯えがあったろうが、もっと悲惨なのは裏方の人たちで、多くが故郷に帰ったという。

そんな中、早いうちから始まったのが歌舞伎。観客を半分にして、地方（じかた）さんたちはマスクの代わりに黒い布で口元を覆った。

お芝居を見ているうちに、私の友人はしくしく泣き出した。

「どんなにつらかったかと思うと。ようやく幕が開いて、どんなに嬉しいかと思うと

私たちはエンタメで
大きく呼吸してる

……」

だけど小劇場のストレートプレイは、出足が遅かったような気がする。私の大好きな俳優さんたちも、インタビューで「つらい」としきりに言っていたっけ。

そして暮れから、新国立劇場でオペラが始まった。「こうもり」に続いて「トスカ」を聞いていると、歌声が心にしみていくみたい。今、スカラ座やメトロポリタン歌劇場といった、世界の名だたる劇場がすべて閉鎖しているので、歌えるところは東京しかないのだ。海外の歌手の人たちは、二週間隔離されてやっと舞台に出る。歌える喜びで、ものすごい声を出す。その素晴らしいことといったら……。

やがてシアターコクーンや、新国立劇場の中劇場といったところも開いて、当日券を求める長い行列が。みんな本当にエンタメに飢えていたんだなあと思う。

ヅカファンの友人は、何ヶ月ぶりかで舞台を見てやっぱり泣いたそうである。

そして昨日（二〇二一年三月十一日）は、私たちがやっている3・11塾のチャリティコンサートが、サントリーホールで行われた。

3・11塾というのは、東日本大震災で親御さんを亡くした子どもたちを支えていこうという趣旨で発足したボランティア団体である。

その資金を得るため、毎年三月十一日にコンサートを開くのだ。トップに作曲家の三枝成彰さん、作詞家の湯川れい子さんらがいるため、毎回ものすごい一流のアーティストが出演してくれる。しかもノーギャラで！

クラシックとポピュラーが混ざるのも、このコンサートならではだろう。

クラシックでは、ヴァイオリンの服部百音さんや川井郁子さん、テノールのジョン・健・ヌッツォさんら。そしてポピュラーではあの氷川きよしさん、五木ひろしさんとスターが登場する。

なにしろ二十三組の方々が出るので、ものすごいスピードで行われ、MCもなし。みなさん前後のお喋りもなく、さっと出てさっと去っていく。

オーケストラの方々はいるのであるが、コンサートの半ばはポピュラーの歌手の方が多く、ピアノ、あるいはギターだけになる。

ピアノの伴奏だけでサントリーホールで声を響かせるのは、相当の力量がなくては出来ないことだ。神野美伽さんとか、島津亜矢さんとかは、抜群の歌唱力で観客を圧倒させた。

そしてギター片手の森山良子さん、三月十一日は、「さとうきび畑」が、震災の記録の背景にとても流れたそうである。

森山さんの透きとおる声が、「ざわわざわわ」と会場に流れる。微動だにしない観客……私もいつのまにか泣いていた。なんて美しい歌、なんて美しい声……。

感動したのは私だけではなかったらしい。その日、私のスマホにはたくさんのＬＩＮＥが。

「今日は素敵なコンサートに誘ってくれて本当にありがとう。来年も必ず行くからね」

「どの歌手の方も素晴らしかったですね。感激しました」

「友人とほろほろ泣きましたよ」

サントリーホールには、半分のお客さんしか入れられなかったけれど、それでもその日集まった寄付金は、満席だったおととしとあまり変わらなかった。昨年の分まで、お金をくださった方がいたらしい。

とても疲れた夜だったけれど、気持ちは豊かなもので満たされていた。そう、歌や音楽で心がいっぱいになったから。

エンタメがなければ、私たちは生きてはいけない。最低限生きていくことは出来るかもしれないけれど、そんなの単に呼吸しているだけ。

来月は大人気アイドルの舞台に誘われている。ものすごく楽しみ。マスクしているから、おばさんと気づかれない（気づかれるか）。思いきりはじけるぞ。

# あの店はいま

新しい洋服を買いに表参道に。

このあいだは発作的にピンクのコートを買ったが、時間がたつにつれ、

「どうしてこんな派手なものを……」

と後悔することになる。

あの初夏を思わせる陽気がいけなかったんだ。

来週は対談が二つ入っている。ひとつは今をときめく超人気アーティスト。パーッと流行の格好で行かないとね。

ということで、いつものジル サンダーへ。ここのミニマリズムのお洋服が私は大好き。一見シンプルなデザインなんだが、素材とカッティングが素晴らしい。

ついこのあいだ、チャリティコンサートの発起人の一人として舞台に立った。黒いジャケットとアシンメトリーのスカートを穿いていたのであるが、友人何人かから、

「すごく綺麗なデザインで痩せて見えたよ」

と誉められた。

その日私は白いブラウス二枚と、ナイロンの黒スカート、ジャケット、くすんだイエローのブラウスを買った。

それから近くのショップへ行き、ここで黒のナイロンコートを購入。今の季節にいいかも。ピンクのコートはウールでもう厚すぎる。

そう、私はものすごくお洋服を買う。忙しくてなかなか買物に行く時間がないから、まとめ買い。

そんなある日、デスクを整理していたら、何年か前の写真が出てきた。ものすごく痩せていた時がある。PRADAのワンピを着たりしている。

今よりも太っていた時も、ダナキャランのニットを着ている。

ふと思う。これらのお洋服はいったいどこにいったんだろう。捨てた憶えもないし、人にあげた憶えもない。静かに消え去っていったお洋服たち。まるで象の墓場のようだ。

そんな時、ジムの帰りに青山通りを歩いていた。この頃車か地下鉄で行くので、こんな風に街を歩くことは少ない。

あそこに見えるのは、ベルコモンズの跡に立った商業施設とホテル。青山の地から、本当にベルコモンズが消えるなんて、いったい誰が想像しただろうか。私にとって、銀座からソニービルが消えた以上にショックだった。

その手前に、ドーム型の入り口を見つけた。そう、ここは青山サバティーニだ。懐かしいなぁ。昔はよく行ったものである。ちょうどお昼どきだったので、友人とランチを食べようと降りていった。広い広いエントランスもそのまま。

料理も昔のままかなあと期待して行ったのであるが、満席で入れなかった。しかし、商売繁盛で嬉しい。

それならばと近くにあるピザ専門のサバティーニに。よく私たちは、高級なレストランと区別するために「高サバ」「安サバ」と言ったものであるが、「安サバ」の方も若い女の子が順番を待っていた。

そして一週間後、予約して高サバの方に行ったところびっくりした。内装が昔のままだったのである。

体育館ぐらい広いところに、アーチ型の壁。絵がこれでもか、これでもかという感じでかかっている。バブルの頃の広さ、豪華さ、そのままだったのだ。

「懐かしいですね。ここに来たの二十年ぶりぐらいですよ」

帰りに黒服の人に話しかけた。

「ここは昔、あの松居一代さんが披露宴を催したんですよ。いえ、船越英一郎さんとじゃなくて、その前の方」

「私はここに勤めて日が浅いので、昔のことはわかりかねます」

そうかあ……。シャネルの白いドレスを着た松居さんの美しかったこと、幸せそうなことといったら。あの時の新郎はパーソンズの岩崎社長。パーソンズといったら、当時の原宿、青山を席巻していたファッションブランド。アフリカ柄のプリントシャツがバカ売れした。が、彼ももうお亡くなりになっている……。

などという話を男友だちにしたら、

「えー、青山サバティーニかァ、懐かしいなあ、僕らの定番だったよね」

「そう、そう。あとはイタリアンといったら青山のビザビ」

「いつも誰かに会ってたよね」

「それからギョーカイ人がよく行った代官山のだいこんや……」

二人であれこれ店の名前を出しあった。青山サバティーニ以外は、みんな消えてしまった。

レストランは、当然恋の思い出と結びついている。青山サバティーニで、どれだけデイトしたことだろう。わーん、懐かしいよ。

今の人たちって、いったいどんな店が思い出になるんだろう。最近は流行のおいしい店がいっぱいあるから、記憶や愛着も分散されるかもしれない。

事実、すごく高いフグ屋やお鮨屋さんに行っても、カウンターに若い人がずらっと並んでる。あれってイヤな感じ。若い人はやっぱりイタリアンかビストロでしょう。そうでなかったら気楽な和食屋。イタリアンの薄暗い照明の下、まず向かい合う。すべてはそれからら。

## 〝妖精〟のヒミツ

今場所もまたやってきました、両国国技館。皆は言う。

「すっかりスー女になったのね」

いや、年齢的にはスーおばさんという方が正しかろう。

しかしヒヨッ子のスーおばさん。

国技館では年季の入ったスーおばさんがいっぱい。皆さん土俵を見る目つきが違うし、ちょっとお話しさせてもらうとその詳しいことといったらない。もう半世紀見続けた方もいるし、つながりの深い浅草の女将さんもいる。

私は相撲全体に詳しいわけではないが、ただ応援している力士がいて、彼のために一生懸命エールをおくっている。今、国技館はいっさい声を出すことは禁じられているので、その力士の名を書いたタオルを、力いっぱい上げる。ガンバッテと、心の中で叫びながら。

そして嬉しいことに、ある方から毎場所チケットをいただくようになった。

「ハヤシさん、どなたかお友達とどうぞ」

今回も二つのマス席をいただいた。コロナ前だと四人定員のマス席であるが今は二人。

二人分を脚本家の中園ミホさんに送ったら、中学校時代の親友といらした。私は一度もお相撲を見たことがない、という編集者と出かけた。

　二人で土俵入り直前に入った。国技館は人が少ない分、お客さんの顔がよく見える。そうしたらびっくりだ、近くのマス席に中瀬ゆかりさんが来ているではないか。二人で喜んで、さっそく写真を撮った。皆に送る。そうしたら古市憲寿クンが、

「どちらが明瀬山ですか」

だって。私たちの間で明瀬山がブームなのを知っているのである。明瀬山の写真はちゃんと撮って送った。あんなにブヨブヨ太っているのに、その日もちゃんと勝っていたからすごい。中瀬さんが言う。

「ハヤシさん、今日も妖精来てますね」

「ずっとテレビで見てたわ」

「ちょっと席は変わりましたけど、毎日来てますよ」

　そう、先々場所から溜席（たまり）の目立つ席に、すごく綺麗で清楚な女性が座り、「溜席の妖精」と名づけられたのだ。

「私たちが座っても〝溜席の妖怪〟と呼ばれるでしょうけど、すごい人気ですね」

「でもこのあいだは、近くに第二の妖精、第三の妖精が出現していたよ」

　年格好も似ているワンピースの女性がぱらぱらと溜の近くに出現し始めた。マスクをしているけれども、見るからに美人の方々。

そもそも土俵の周りの席では、名古屋場所では芸者さんたちが黒の正装で座っていることもあるし、着物姿の見るからにクロウトっぽい美人さんがいることもある。見ていると結構楽しい。

「だけど妖精はエラいよ。背筋ぴしっと伸びて姿勢は崩れてないし、たいしたもんだよ」

私とはだいぶ違う。ひざを崩して横座りしたり、コートで隠して〝体育座り〟することも。ずっと正座したままの妖精は本当にエラいと思う。

そうしたら今回びっくりだ。中園さんとその友人は、ずっと正座したままでないか。

「私たち通販で、お茶やる時のための正座椅子買ったのよ」

小さな折り畳み式でお尻の下に入れるあれですね。ちょっと借りたら、らくらく正座が出来るではないか。

「わ、これぞ妖精座り」

彼女の秘密がひとつわかった。

それにしても、ネットの書き込みを見ても妖精の人気は高まるばかり。みんないったいどこの誰なんだろうと推理している。これがますます人気を呼んでいるに違いない。

このネット社会の中で、どこの誰だか全くわからない、だけど綺麗で魅力的。それはなんとミステリアスでカッコいいんだろう。

今の世の中、美人だからといって芸能人になると、楽しいこともいっぱいあるが、イヤなこともいっぱい。すぐにあれこれ叩かれる、ウソばっかり書かれる。

だから最近の美人は、安全コースを選んでアナウンサーになる。人気者になれば芸能人と同じようにチヤホヤされるが、いざとなると「社員だから」ということで会社が守ってくれる。実にいいポジションだ。

どうでもいいことであるが、「フリーアナウンサー」というのは、キイ局、もしくは準キイ局のアナウンサーが会社を辞めた後、「タレント」と呼ばれるのが嫌なために、自分たちでつくり出した肩書きではなかったか。中井美穂ちゃんが言い出したことだと思う。しかし最近はどこも就職出来ず、ナレーションの仕事をしていても、あるいは元ケーブルテレビ勤務でも「フリーアナウンサー」と名乗る。ちょっと違うような……。

つまり何を言いたいかというと、目立ちたい、野心はあるけど、安全圏の中にいたい人が増えているような気がする。やるからには芸能界入ればいいのに。

国技館の妖精さんを見るたび、いつもそのことを考える。

誰だかわからないまま、すごく目立って騒がれるのって、女性は憧れるだろうなあ。その最たるものが「有名人の奥さん」に違いない。今日び、一般人はプライバシーを守られることになっている。だけど週刊誌では「〇〇〇似の美人」とか書かれる。こういうのって、やっぱりいいよね。「明瀬山」とか言われるよりも。

ついこのあいだ、四月一日は私の誕生日であった。

もう、いいです、来ないでください、と言っても誕生日はやってくる。せめて皆さんが忘れてくれればいいと思うが、そんなことを言ったらバチがあたる。

毎年お花やプレゼントをいただき、本当にありがとうございます。読者の方からもお菓子や化粧品、ハンカチなんかをいただきます。お菓子はその場で開けて、パクリと食べる。おいしい。

友人たちからはたくさんのメールが。中に姪からのがあって、

「いつまでも明るく面白いおばちゃんでいてね」

だと。それはいいとして、

「肌美人のおばちゃん、ステキです」

ややむっとした。

「〝肌〟は余計だよ」

と返したら、

「えー、だっておばちゃんの肌、シワがなくてピカピカしてるよ。肌を誉められるのって最高じゃん」

「違うよ、ただの美人でいいの。余計なもんつけなくていいの」

性格美人とか、スタイル美人、髪美人、とかというのは、つまり誉めるところを必死で探したという感じ。本当の美人というのはシンプル。何もつきません。

そういえば、以前はこのシリーズの本を出すたびに、マガジンハウスは「国民的美女作家」という名称を帯につけてくれたが、人々に浸透する前に消えてしまった。あれはどうなったのか……。

まあ、そんなことはどうでもいいとして、最近ストレッチとトレーニングに励む私。なぜかというと、そう、聖火リレーに出るためである。

実は私、オリンピック組織委員会の参与で、聖火リレー検討委員会委員だった。当時の議長はあの森喜朗さん！

もちろんエラい人だから、まわりはものすごく気を遣っていたけれども、エバるという感じではなく、ふつうに皆の意見を聞いていらしたと思う。

初めてトーチが委員会に披露された時、会議の後、私はさっそくそれを持って写真をパチリ。森さんも一緒に写ってくださった。いい思い出である。

そのうち聖火リレーの応募があり、

「委員の人たちも積極的にエントリーしてください」

と言われたが私は遠慮した。

なぜなら走りたい人は全国にいっぱいいるはず。私がしゃしゃり出れば、一人減ってしまう。そのうえ、応募のためには、いろいろしなくてはならないのだ。

経歴と共に、どうして聖火リレーをしたいのか、かなり長い作文を書かなくてはならない。私はモノを書くのが仕事であるが、こういうふつうの作文がものすごく苦手なの。めんどうくさいが先に来て、応募しなかったのであるが、一年たち世の中は大変なことに。そう、コロナ禍の中、オリンピックは延期されたのである。

その間に、聖火リレーも変更を余儀なくされ、辞退者もいっぱい出始めた。特に芸能人の方々は、スケジュールが狂ったこともあるのであろうが、やらない、と言い出す人がいっぱい。またそれがカッコいいことと拍手されたりする。

「これはないんじゃないの」

ということで私は応募することにした。作文だって書きましたよ。

そして晴れて聖火ランナーに選ばれ、故郷山梨を走ることになったのである。まあ、私が走ったからといって、聖火リレーが盛り上がるわけではないけれど、枯木も山のにぎわい、といおうか。少しでも故郷の話題になってくれたら嬉しい。

が、ここに来て大問題が。ここ何年か、私は走ったことがないような。新幹線に乗り遅れそうになり、駅を走ったぐらいであろうか。ジムのマシーンでも、もっぱらウォーキングをしている。

「みっともないから、ちゃんと練習しろよな」

と夫さえ心配している。

「君はそうでなくても、ペタペタ小股で歩くんだ。走るとなったら皆が見るんだから、ちゃんと走り方を教えてもらわなきゃダメだよ」

しかしテレビでランナーを見ていると、手をふったりしてわりと遅い速度。走るのはたった二百メートルだし、何とかなるとは思うものの、やるとなったらちゃんとフォームもやらないとな。

ジムのトレーナーも、

「まずは足から鍛えましょう」

とメニューを考えてくれた。ちょびっとマシーンで走る。そしてつくづく思う、

「〝血湧き肉踊る〟っていうのはこういうことなんだ」

とにかく走るたびに、お腹がたっぷんたっぷん揺れるんですね。これはかなりまずいことではなかろうか。

ということで、もちろんダイエットも。

走る日まであと二ヶ月ある。きっと何とかする。どうか皆さん、トーチを持ってさっそうと走る私を見てほしい。

その時は〝健康美人〟なんて言わないでね。誉め言葉はシンプルにね。

# さらば、ピンクのコート

ジョブズが毎日、同じ黒いトップスを着ていたのはあまりにも有名だ。何を着るか、毎日考える時間がもったいないからというのがその理由。彼のような天才で、ものすごい発明をしようとしている人の話なら納得出来る。

しかしふつうの人間で、女性だったら、

「だって、考えたり、迷ったりするのが楽しいんじゃない?」

と言いたいところ。

某女性誌を読んでいたら、

「デキる女性は、おしゃれにそんなに時間をかけない」

という特集が。その中の一人、ファッション関係者の女性は、何か一点買うと、それと組み合わせたものを数点考え、写真に撮っておくんだとか。頭がよくてファッションセンスのいい人なら出来そう。だけど私には無理。

今年もゆううつな季節がやってきた。

そう、コートやニットから、軽やかなものに着替える時。

〝チョモランマ〟と呼ばれるクローゼットの中に分け入り、衣類を分類しなければならない。クリーニングに出すものは出し、田舎のイトコたちに送るものを仕分ける。

一時はメルカリに挑戦したこともあった。が、私の場合はサイズが特殊かも。ブランド品をかなりお安くしても、なかなか売れない。

一回か二回履いただけのブーツを、山のように出品したが反応があまりなかった。

そんなわけで、もうお金にしようなどと考えず、みーんなあげることにしたのだ。

今年の二月に買った、ピンクのショートコート。あの日は、初夏のような陽気にあてられ、衝動的に買ってしまった。が、ふと冷静になって鏡を見ると、

「こんな派手なものをどうして……」

と、自分がよくわからなくなってくる。思いきってダンボールに詰め、姪っ子に送った。ついでにPRADAのワンピとバッグも一緒に。メルカリで売ろうとしたんだけどもういいや。姪っ子はすごく喜んで、

「おばちゃん、こんな新しいコートいいの？　さっそく着たよ」

と写真を送ってくれる。

ここのところ、買物の量がまた増えた。ちょっぴり痩せたのと、コロナ疲れのせいだ。お洋服をパーッと買うと、やっぱり気が晴れる。

しかし記憶力がとくに衰えている。最近何を買ったのか、なかなか思い出せないのだ。

そんなわけで、朝、三十分から一時間かけて着ていくものを選んでいく。それほど膨大というほどではないが、かなりの量。整理をしながらコーディネイトしていくので、ものすごく時間がかかる。

こんなものを持ってたのねと、最近買ったものと組み合わせていく。それだけではない。今日一日のスケジュールを考えながら決めていく。

今日は朝から対談の仕事が入っている。あまりカジュアルな格好だと相手に失礼。そして夕方からは、帝国ホテルで某文学賞の授賞式。選考委員として前の席に座る。

今年は新人賞に加藤シゲアキ氏が選ばれ、出席のご予定。出版社の女性社員は大喜びだ。私もおめでとうを言いたいから、あまりヘンなもの着てけないし……。

しかしこの間、二時から私はゴルフのプライベートレッスンを入れているのだ。下はジャージのパンツに着替え、スニーカーを履く。問題はトイレでそういうことをしなきゃいけないこと。

だからレッスンに行く時、私はいつもすぐに体を動かせるTシャツにカーディガン、あるいは軽いニットにしている。

が、今回は前後にきちんとしたものを着なくてはならない用事がある。着替えるのは仕方ないとして、大きな荷物を持っていきたくない。極力手間が少なく、かぶって脱ぎ着しないものを。

私は考えた。薄い素材の白のニットにグレイのジャケットを羽織る、下は黒のタイトスカート。これなら白いスニーカーを組み合わせても悪くないかもしれない、履き替える靴がいらなくなる。

問題は半袖の白いニット。そう、これとジャージパンツだけになると、体型が丸出し。いくらスポーツ施設でも、これを見せるのはマズいでしょ。そんなわけで上に羽織るカーディガンも、なるべくかさばらない薄手のものを取り出してみた。

「ひえーッ!」

小さな穴が。かなり気をつけていたつもりであるが、早くもムシたちが活躍し出しているのだ。

私は棚の上に重ねてあるニット類を、防虫カバーでくるんだ。それからハンガーにかけてある防虫剤のチェックも。

こんなことをしているので、服を選ぶのに一時間近くかかってしまった。そして不思議なことに、このようなことを毎日やっているのに、私のコーディネイトはそう拡がらない。おしゃれな人とも言われない。

クローゼットをかきまわしているうちに、「もういいや」とめんどうくさくなるから、結局は昨日と同じものを着ていくことが多い。アクセや小物を考える時間もなく、いつもイマイチファッションの私の出来上がり。

初出『ａｎａｎ』連載「美女入門」（二〇二〇年五月六日号〜二〇二一年五月五日・一二日号）

林真理子（はやし・まりこ）
一九五四年山梨県生まれ。コピーライターを経て作家活動を始め、八二年『ルンルンを買っておうちに帰ろう』がベストセラーに。八六年「最終便に間に合えば」「京都まで」で第九四回直木賞受賞、九五年『白蓮れんれん』で第八回柴田錬三郎賞、九八年『みんなの秘密』で第三二回吉川英治文学賞をそれぞれ受賞。二〇一八年NHK大河ドラマの原作となった『西郷どん！』や『愉楽にて』『綴る女　評伝・宮尾登美子』『小説8050』など著書多数。一八年、紫綬褒章受章。二〇年、第六八回菊池寛賞受賞。

# 美女の魔界退治

二〇二一年六月二四日　第一刷発行

著者　林真理子
発行者　鉄尾周一
発行所　株式会社マガジンハウス
〒一〇四-八〇〇三
東京都中央区銀座三-一三-一〇
書籍編集部　☎〇三（三五四五）七〇三〇
受注センター　☎〇四九（二七五）一八一一
印刷・製本所　凸版印刷株式会社
ブックデザイン　鈴木成一デザイン室


ISBN978-4-8387-3156-5 C0095